あすなろのうた

井筒正孝

Izutsu Masataka

道友社

はじめに

私にとって初めての単行本です。読んでくださる方々や編集部の皆さまに、厚くお礼を申し上げます。

ところで私は、この本の原稿を道友社に届けた翌日、平成十七年五月十二日、天理よろづ相談所病院「憩《いこい》の家」に入院しました。とりあえず検査のつもりが即刻入院となり、検査につぐ検査、そして手術。とうとう四十日余りの病院生活になってしまいました。

私は注射器の針を見ただけでも緊張する意気地《いくじ》なしです。手術はおろか入院さえも初体験。不安や恐怖感、それに手術後の身体的な苦しみに参ってしまうのではと予想していたのですが、われながら驚いたことに、そうした心身の苦痛が全くといっていいほどなく、順調に回復いたしました。

一つには医療のおかげです。『手術のしおり』というこの病院発行の小冊子に、「手術後の回復は、自然治癒《ちゆ》力によります」と書いてありました。これまで病院といえば薬漬《づ》けという先入観があったのですが、このひと言で「憩の家」の治療方針をすっかり信用する気になりました。事実、大きな手術だったにもかかわらず、錠剤一粒も服用することなく退院に至りました。

もう一つは、多くの方々の祈念のおかげです。私はいままで人さまのために祈ることはあっても、自分が直接祈念を受けるということはありませんでした。このたびその身になってみて、おさづけの取り次ぎや、人々の心を揃《そろ》えたお願いづとめが、どんなに重いものであるか、あらためて分かりました。

そしてもう一つは、この本のおかげです。自分の書いた本にたすけられるとは妙な言い方ですが、それには次のような理由《わけ》があります。

この本は、これまで『みちのとも』『天理時報』『天理時報特別号』などに連載したエッセーの中から五十三編を選び、大幅に加筆・訂正してまとめたものですが、書くについて三つのことに留意しました。

第一は、ごく普通の家庭生活や社会生活の中にも、私たちはさまざまな喜びや悲しみに遭遇《そうぐう》します。教祖《おやさま》ならば、そうした現実にどう対処されるだろうか。第二は、特別エライ人ではない、平凡な私やあなた。時に勇み、時に心くじけ、時に迷う、そんな私たちでも陽気ぐらしができるはず。それには……。

第三は、天理教用語の使い方を工夫し、未信の人たちにも分かり、できれば共感を得るものでありたい。

連載の執筆中、私は周囲の人の死や病気、悲しい出来事にも遭遇し、教えのうえからそれをどう受けとめるかについて考えないわけにはいきませんでした。そして、どんなに困ったつらい事柄の中にも、親神様の親心がしっかり添えられているということを痛感したのでありました。だからこそ自分の病気についても、心すっきりと受容することができたのでした。私にとっては、まことにありがたい入院でした。この本のおかげというより、かねてから、そうした問題を考える機会を与えてくださった道友社のおかげです。

＊

慌《あわ》ただしい毎日の暮らしの中で、ともすれば見過ごしてしまいがちな事柄を、時には立ち止まって考えてみる。もし本書がそのきっかけになったなら、こんなに嬉《うれ》しいことはありません。

読みながら「わたしの考えは、ちょっと違うけどなあ」と、ひとり思案を巡らしたり、ご夫婦やお友達同士で話し合ったりする方がおられるならば、著者は天にも昇る気持ちです。

そこで、読者の皆さまにお願いがあります。この本を最初から最後まで一気に読もうとしないでください。きっと飽きてしまうでしょう。一日の忙しさから解放されて「ちょっとお茶でも」とくつろいだときに、どこからでもいい、たった一編を読んでいただけませんか。そして考えてほしいのです。あなたのご意見を。

平成十七年九月

著　者

目次

第三章　「こころの泉」　127

第五章　「こころの森」　243

第一章「こころの木」

木の根

教会に緑の安らぎをと、木を植え始めて三十年になる。きっかけは教育学の教授のひと言だった。

「人を育てようとするなら、まず木を育ててみなさい」

これといった値《ね》の張るものはない。人からもらったり、三本百円ナリの苗木を買ってきたりで、世にいう駄木《だぼく》の類《たぐい》を素人《しろうと》流に植えただけだが、駄木は駄木なりに、年月が経《た》つと、なんとか庭らしくなってくる。

とりわけツツジの季節は見事だ。ひと口に木々の緑というが、一本一本みな色合いが異なる。朝日が木々の緑にまぶしく反射して、地に生気が溢《あふ》れる。緑の織りなすシンフォニー。移ろいゆく刻一刻がいとおしい。

その木立《こだち》の一角に、小さな図書室をつくった。

ある日、本の整理をしていたら、思いがけなく中学二年生のときの国語の教科書が、ひょっこり顔を出した。昭和二十三年発行。戦後まだ日も浅いころのこととて、ザラ紙に印刷したわずか六十ページの小冊子である。

なかに、下手《へた》な字でひときわ書き込みの多い章があった。哲学者・和辻哲郎《わつじてつろう》の「木の根」という随筆だった。

筆者は、崩した砂山に松の根が露出している光景を見て、驚嘆する。

「地下の根は、戦い、もがき、苦しみ、精いっぱいの努力を尽くしたように、枝から枝と分かれて、乱れた女の髪のごとく、地上の枝幹の総量よりも多いと思われる太い根、細い根の無数をもって、いっせいに大地に抱きついている」

高野山《こうやさん》へ登っては、霊気迫る老樹を前に、「根の浅い自分を恥じた」と述懐する。

「天を衝《つ》こうとするような大きな願望は、いじけた根から生まれるはずがない」

「偉大なものに対する崇敬《すうけい》は、また偉大なる根に対する崇敬である」

よほど感銘を受けたとみえて、中学生の私は、これらの個所を二重線で囲んでいた。

だが、いまの私たちは、この文をどう読むだろう。「大きな願望」とか「偉大」とかいう言葉に、シラケを感じる人も多いのではないだろうか。

「現代には、たとい根に対する注意が欠けていないにしても、ともすればそれが小さい植木鉢《ばち》の中の仕事に堕《だ》していはしまいか。いかにすれば珍しい変種ができるだろうかとか、いかにすれば予定の時日の間に注文通りの果実を結ぶだろうかとか、すべてがあまりに人工的である」

和辻氏のこの文章に、今日の私たちの姿をズバリ言い当てられた思いである。豊かになろう、便利にしようと効率を求めるうちに、人間が矮小化《わいしょう》して、大いなるものへの敬虔《けいけん》さを失ってしまった。

＊

さて、私は教会のミニ図書館に「人間の生き方」という独立の書架を設けた。

木の根

なぜかそこには、木にまつわる本が多い。

たとえば、京谷大助《きょうやだいすけ》著『アメリカに学ぶ』。

アメリカの雑誌王エドワード・ボックの先祖は、オランダの孤島の島司《とうし》だった。不気味な暗礁《あんしょう》が取り巻く荒涼《こうりょう》としたその島は、「魔の島」と呼ばれ、海賊の巣窟《そうくつ》だった。島司は、そこに自力で木を植え始める。夫人は「あなたは木をお育てなさいまし。私は子どもを育てましょう」と、夫を助けた。やがてこの島は、緑したたる樹木に覆《おお》われ、小鳥の一大生息地になったという。

また、たとえば、南フランスの高地を緑の楽園に変えた物語。炭塵《たんじん》の街を花と緑と彫刻の街によみがえらせた山口県宇部《うべ》市の話。長野県飯田《いいだ》市の中学生がつくったリンゴ並木。そこに共通するのは、「一人の力」の偉大さであった。

天理教の教祖《おやさま》は、陽気世界の建設にたずさわる人材をやはり木にたとえて、「よふぼく（用木）」と表現された。そして、女松男松《めまつおまつ》（男女）の隔てなく、高山《たかやま》に育つ木にも谷底に育つ木にも隔て（差別）はない、つくり上げたら国の柱や、とおっしゃる。

つくり上げる——広い意味での教育だが、それについて和辻氏の言葉。

「いかに貴い肥料が加えられても、それを吸収する力のない所では、何の役にも立たない」


いつか、あるお母さんに言ったことがある。

「親子を一本の木にたとえるなら、親は根であり、子は枝葉ですね。親がしっかりと地中深く伏せ込んでこそ、枝葉は茂ります。

また、根は養分を吸収して枝葉へ送りますが、根には吸収する力が必要ですね。それが素直さ、謙虚さ、求道心ではないでしょうか。

私が私がと自己主張ばかり強く、自分のことは人に聞かせたいが、人の話は聞きたくないというのでは、枝葉は栄養失調になってしまいます」


私の友人に、なかなかの布教力を持つ教会長がいる。ある研修会で、彼は多くの教会長を前に講話をすることになった。終わって、「どうだった?」と問うと、「いや、あまり聞いてもらえなかった」と悲観している。わけを尋ねると、「あそこの教会は信者さんが多いから、力があるから、ウチの教会の参考にはならないと、現状だけを比較して諦《あきら》めてしまっている。どこの教会にも初代からコツコツと伏せ込んできた〝根っこ〟の部分があるのだが、そこに目を向けようとしない」と。

ちなみに画家の修業は、尊敬する先人の絵をていねいに模写することから始まると聞いたことがある。また、津軽三味線《つがるじゃみせん》の師匠の話だが、心が素直でない人は伸びにくいという。

教祖は「癖《くせ》、性分《しょうぶん》を取りなされや」(『稿本天理教教祖伝逸話篇』一二三「人がめどか」)とおっしゃった。

心の癖を個性と間違えてはいけない。

育ての達人

受験の季節になれば、教会へも合格祈願の親子がやって来る。

私は「前途に幸《さち》多かれ」と祈りながら、次のような話をする。

「合格させてくださいとは、お願いしないよ。もし、君より学力が低く、勉強もしなかった生徒が、神様にお願いしたから合格し、実力のある君が落ちたとしたらどうだろう？　親神様は、そんな不公平なことはなさらない。それより、日ごろの力を十分出せますようにとお願いしようね。さあ、自信を持って堂々と挑戦しよう」

合格したら、もちろん「おめでとう」と言うが、ほんとうは、すべった子にも、そう言ってやりたい。

「ダメだったか。残念だね。でも、そのおかげで、人の悲しみが少しでも分かるような気がしないだろうか？　いま君は、人間としてとっても大事なことを経験しているんだ。せっかくのこの体験を生かそうよ」と。

もっとも、こんなセリフは、すんなり納得してもらえない。いまどき、本人より親のほうが聞けない。「当事者でなければ、この気持ちは分かりません」と。そうには違いないが、当事者だからこそ見えないものもある。

人間、せっかちになると全体像を見失う。たとえば、進学することは長い生涯の一つの通過点なのに、つい、それがすべてと思い込んでしまう。不登校にしてもそうだ。親にしてみれば「たとえビリでもいいから、とにかく卒業さえしてくれたら」と願う。今日の学歴社会では無理のないことであろうが、やはり肝心なのは、本人にとって何が大事かということだ。そうした子どもの側に立った発想が、親からは出にくい。

ある教育カウンセラーの話によると、相談に来る母親の多くは、すぐ結論だけを求めたがるそうである。「途中のプロセスを省略して、特効薬なんかありません」とカウンセラー氏は言う。

育つには、それなりの順序や段取りがある。広く大きな視野からものを見て、じっくり時間をかけて成長を待ちたい。が、それがなかなか難しい。

学校の先生の間には、「ダメな教師はおおめしくい」という言葉があるそうだ。

〈お〉怒る

〈お〉大声で叫ぶ

〈め〉命令口調

〈し〉親切すぎる

〈く〉口出し

〈い〉いけません（禁止）

すなわち、子どものすることを待てず、すぐお節介《せっかい》を焼いて自主性を損《そこ》なってしまう教師のことである。

母親にもある。「早くしなさい」という言葉だ。「早く」は「何をグズグズ」

という愚痴《ぐち》や非難に変わる。

教会長の私にもある。育てるつもりが、つい相手を責めている自分に気がついてハッとする。

育てるとは待つこと。長い目で見たい。

その意味では、親神様ほどの気の長さはないだろう。創造の元一日より九億九万九千九百九十九年という年限を、人間の心の成人を楽しみに待っておられる。生まれ変わり出変わり、この年限は成人のために絶対に欠かせない過程なのだろう。悠久《ゆうきゅう》の時間、親神様は成人に必要なプロセスを、きちんと順序を踏んで、たゆみなく育ててくださる。余計な回り道もないが、近道もしない。だからこそ、いまという旬が大事になる。まことに急《せ》いて急かん道。育てるとは、親神様の働きをしっかり信じてかかることだ。天の摂理に従うことである。

いつか、ある大教会の若い奥さんが、婦人会の『みちのだい』に書いておられたことが興味深い。

「祖母は、祖母の時代の方が皆そうであるように、いろいろときびしい道中をお通りくださったのですが、私はご自分の自慢話や、苦労話を伺ったことはありません。私に話をしてくださる時はいつも失敗やさんげ話で、話の最後には必ず、『私がしたような失敗をあんたはせんようにな、頼んだで』と、私の通り方について分かりやすく教えてくださいます」

その後、祖母なる老奥様にお会いした。

「うちの会長（孫）の嫁は、お道と全然関係のないところから来ましたのや。本人にしたら、何もかも戸惑《とまど》うことばかりですがな」

この老奥様は、決して自分の到達点からものを見ようとされない。だから、待つことが少しも苦痛でないのだろう。ニコニコと、先を楽しんでいらっしゃる。

それがほんとうのたんのうだな、と思った。お会いして、なにか美味《おい》しいものを食べたあとのようなさわやかさが心に残った。育ての達人、という言葉が頭をよぎった。

ナース一年生諸君！

年に数回、若くて健康で、それゆえに美しい娘さんたちに授業をする光栄に浴している。学校の名は天理看護学院。いまは立派な新しい建物になったが、古い木造校舎のときも廊下は鏡のように光っていた。この看護師の卵たち、授業を聞く態度も抜群だ。

受け持つ科目は「医の倫理」。医学はおろか、倫理のほうもおぼつかない私にとって、いい勉強である。そしてそれは、おたすけの倫理でもあることに気がついた。

たとえば、病気をした人なら誰《だれ》でも分かることだが、病人は身体《からだ》だけを病むのではない。心も病む。家族のこと、仕事のこと、お金の心配もある。死の不安や恐怖にも襲われよう。つまり、全身で病むのである。

だが医師は、ややもすれば患部しか、あるいは検査のデータしか見ていない、という反省が医療従事者の側から出てきた。とくに高齢社会になって、障害や慢性疾患《しっかん》を抱える人が増えるにつれ、その生をどのように充実させるかが大きな課題になってきたのである。

「よい医者であるためには、人間全体が分からなければなりません。精神的・身体的、あるいは社会的な面から人間を考える。このケアが全人的ケアであります」。齢《よわい》九十を超えて、いまも現役医師の日野原重明《ひのはらしげあき》氏の言葉である。

しかし、考えてもみよう。人間を全体として分かるということは、そう簡単ではない。そのために専門外の本も読み、人の話に耳を傾けることも必要だ。それでもなお、自分の目を通した理解である。むしろ「私の分かっているつもりのことは、ほんの一面にすぎない」と自覚してかかるがいい。つまり、生命に対して、また患者さんに対して謙虚になることである。一生の課題である。

そして、この精神は医療従事者に限らず、宗教家にも、学校の先生にも、およそ人間相手の仕事をするすべての人に通じる倫理の基本であろう。

ともあれ、患者さんを一番知っているのは、おそらく看護師である。私も入院してみて気づいたことだが、医師と顔を合わせる時間は短いが、看護師は四六時中そばにいる。真夜中の見回り、背中をさすり、身体を拭《ふ》き、やさしく言葉をかけてくれる。そうした患者さんとの接触を通して、患者さんの状態を的確に医師へ伝え、治療の指針に資す。そんな大事な役割を持つ看護師は、単なる医師の助手ではない。上質のケアを提供する専門職である。絶えず勉強が必要だ。

それだけに、医師も看護師も、もっと労働条件は改善されなければなるまい。最近、医師の過酷《かこく》な勤務形態が問題になっているが、看護師もまた同じこと。もし教会長である私が、そのくらい頑張ったら、うちの教会はもっともっと伸びるだろう。にもかかわらず、そうした社会の大事なところを支えている人たちに、もっと深い敬意を払うべきだと、これは私の反省である。

さて毎年、卒業式の時期になると、私の胸はキュンと疼《うず》く。「卒業生諸君！どうか悔いのない人生を歩んでほしい」という思いがしきりである。君たちはそのうち結婚するだろう。家庭を持ち、子どもが生まれる。家庭と仕事とどう両立させてゆくか。いつの日か、仕事のうえで、同僚や上司との関係で、あるいは家庭生活において、さまざまな試練に出合うだろう。全人的ケアどころか、仕事を辞《や》めようかとか、離婚しようかとか、悩むことがあるかもしれない。そのときこそ、親里ぢばで学んだことを思い出してほしい。

たとえば私は、「わたしが患者さんから学んだこと」という問題を試験に出す。いつかの答案に、目の不自由な患者さんのこんな言葉が書かれてあった。「以前、入院していた病院では、薬を渡すとき、顔も見ずに台の上に置くだけでした。『憩《いこい》の家』（天理よろづ相談所病院）では、飲みやすいように切り口をつけて渡してくれます。目がわるいと、その心づかいがとてもうれしい」

ちょっとしたことのようだが、そのちょっとした心配りが家庭生活や職場の人間関係に生きてくる。思いやりは言葉でなく、日常化された実践である。

また、ある答案では、実習で出産に立ち会った感想を述べていた。

「おぎゃあと誕生の瞬間、感動して涙が出ました。なにがなし母に感謝をしたくて、その夜、家に電話をしました。お母さん、ありがとう。言葉が詰まって声が出ませんでした」

この感性を持ち続けてほしい。仕事には慣れたが心が干《ひ》からびた、では寂しい。窓辺に咲く一輪の花にでもいい、地を這《は》う一匹の虫にでもいい、いのちあるものの必死に生きようとする神秘の営みに驚嘆し、心震わす感性だけは失ってほしくない。そうすれば、患者さんの、いままで聞こえなかった声が聞こえてくるだろう。君たちよりも看護師長さんのほうが、もっとつらい思いをしていることも分かるだろう。

それには、祈りこそが欠かせない日課だと私は考える。どんなに忙しい中にも、存命の教祖《おやさま》とお話をするひと時が。

桜の季節

友人の父上が亡くなった。九十二歳だった。

若いときは客馬車業を営んで繁盛した。自動車の時代になって、町の中心部に小さな食堂を開き、夫婦ともよく働いた。

私の友人は、その一人息子。小学校からの同級で、医学部へ進み、国立医療短大精神科の教授になった。彼の少年時代は、朝早く馬の飼料《しりょう》となる草を刈るのが日課だったそうである。勤労を尊ぶ明治生まれの厳父は、子どもにも、それをさせたのである。

この父君、頭を五分刈りにして古武士然としていたが、七十歳前後から長髪にした。弔辞《ちょうじ》によれば、ちょうどそのころから、町内の、人の嫌《いや》がる仕事を進んで引き受けたという。わが子は一人前になった。商売もこれ以上望まない。富を求めず名誉を追わず、あとは皆様へのご恩返しを――。長髪は、人生のけじめの表れだったのだろうか。

けじめといえば、故人は生前に戒名《かいみょう》を頂き、死の数日前には寝棺《ねかん》や骨箱も用意させたという。ご本人は老いてなお矍鑠《かくしゃく》として、謡《うたい》の会への参加も欠かさず、人の交わりも変わらず、二週間ほど入院して安らかに逝《い》ったのだが、ひそかに臨終の覚悟があったのだ。

その数日後、今度は教会の役員さんが出直された。八十二歳。急に体調が乱れ、息子さんが病院へ連れていく途中で静かに息絶えた。

熱心な布教者の長男として生まれ、厳しい環境に育ったが、その苦労話を聞いたことは一度もない。いつも「ありがとう」が口癖《くちぐせ》で、子・孫と三代の夫婦が同じ屋根の下で同居し、大事にされ、ゆったりと生きた。

この人にも臨終の覚悟があった。いつ行っても、身辺が実にきちんと整理されているのである。とくに神床《かんどこ》には心がこもっていた。「一日生涯」という信仰が身についていなかったら、そうはできまい。

年老いた死には、なにか自然の安らぎを感じるが、若い人の死には生木《なまき》を裂かれるようなつらさがある。

ある布教所の若奥さんが、三十歳で出直された。幼い三人の子たちが人々の涙を誘った。父親は、棺《ひつぎ》をおさめた火葬場の扉《とびら》にすがって娘の名を呼び、「ありがとう」と慟哭《どうこく》したそうである。

「どういう意味だったのですかねえ。僕には敗北感だけですが……」

若奥さんのおたすけに精魂こめた教会長が言った。

「無理もない。あれだけ真実を尽くしたのだもの。けれども、死を悪と見る限り、永遠に敗北しかない。なぜなら人間、いつかは必ず死ぬのだから。これは医者とて同じだ。出直しもまた、親神様の深い思惑《おもわく》と悟らなければ」

「それなら、末期の病人のおたすけって何ですか？」

「安らかな死を祈り、臨終の覚悟をしていただくのも、おたすけだと思う。難しいことではあるが……。精いっぱい心を尽くして、結果は親神様に委《ゆだ》ねる。真実を尽くした分だけ、たとえ出直しても、たすけていただいていると思うよ。遺《のこ》された家族もね」

「それは分かりますが、慰《なぐさ》めの言葉もありません」

「言葉はいらないと思う。いまは祈るしかないのでは」


私の父は三十三歳で出直した。小学四年生の私を頭《かしら》に、四人の子を遺して。終戦の年の春だった。お墓は桜の花が満開だった。どんな慰めの言葉も虚《うつ》ろに聞こえた。言葉は時をおいてからである。

「人のいのちは、神様がちょうどよいようにお決めくださる。お父さんは短い一生だったが、おまえたちの中に、いまも生きているよ。節から芽を出してこそ、お父さんも喜ぶ。神様が必ず守ってくださる」

母は、そんな意味のことを、子どもにも分かるよう話した。半分は自分に言い聞かせていたのかもしれない。おかげで私は、天を恨《うら》み不運を嘆いたことは一度もなかった。

小林秀雄《こばやしひでお》の随筆に、海棠《かいどう》の名木に感嘆して見入っていた職人風の男が、後ろの若木を振り返り、「若いのはやっぱり、咲き急ぐから駄目《だめ》だ」と言うくだりがある。

父も咲き急いだ。もし父が達者でいたら、私は逃げ出していただろう。あまりの几帳面《きちょうめん》さに窒息《ちっそく》して。しかしまた、その生真面目《きまじめ》さゆえに、父は十年間にわたる日記や数々の手記を遺した。それが、青年期の私を支えてくれたのである。つまり、出直すことによって私たちを育ててくれたのである。

桜の季節になれば、いつもそのことを思い出す。

聞き上手になりたい

中学生のころ、女の先生から「井筒《いづつ》クンと話していると、嚙《か》みつかれるようで怖い」と言われて驚いた。こちらには少しもそんな気持ちはないのに。学生時代は先輩に叱《しか》られた。「人の言葉が終わらぬうちにポンポン言い返すのはやめろ。失礼だよ。相手の言葉を心の中でじっと温めてみるのだ」母にも言われた。「おまえのように人の話を取ってしまって、われがわれがという心では、そのうちきっと肺病になるよ」。やがて私は、ほんとうに肺結核を患《わずら》ったのである。

「言葉は心の鏡」というが、その人の立場や教養の度合いだけではなく、心の癖性分《くせしょうぶん》やいんねんまでも映し出すから怖い。しかし人間、ものを言わないわけにはいかない。とくに、お道の人は言葉なくして布教はできない。

「話し上手《じょうず》は聞き上手」といわれる。セールスマンには「身だしなみ」「笑顔」「話し上手」の三要件があるそうだが、実は、聞き上手のほうがもっと成績を上げると聞く。おたすけでも同じこと。こちらが真剣に耳を傾けると、相手は「今日《きょう》はいい話を聞かせていただきました」と喜んでくれる。

人の話を聞くということは、その人の心を引き出すことである。聞き上手は相手を慰《なぐさ》め、励まし、心を開かせる。胸のモヤモヤを解消し、考えを整理してくれる。そして何より、聞き上手は自分自身が謙虚になれる。「私は話し下手《べた》だから、おたすけができません」と言う人がいるが、おそらく話し下手というより聞き下手なのだろう。

聞き手の望ましい態度として、評論家の扇谷正造《おうぎやしょうぞう》氏は次の五つを挙げている。

①話し手の目を見つめ、じっと耳を傾ける。

②相手の話の腰を折らない。
③何かほかのことをしながら聞いてはいけない。
④上手な相づち、軽い驚き、ちょっとした問い返し。
⑤適当に相手の話を軌道修正してやる。

＊

話術の名手といわれた徳川夢声《とくがわむせい》は、講演するとき、どんなに多くの聴衆がいても、たった三人を相手に話したそうである。会場の中央と左右両端にいる中年の女性に。彼女たちは熱心に話を聞いてくれ、うなずき、笑い、時には涙を流す。話し手は大いに勇気づけられる。おたすけの場面でも、ご婦人方は実に辛抱強く、誠意をもって相手の話を聞いている。

ところが、『天理時報』に名コラムを執筆された外山滋比古《とやましげひこ》氏は、最近の女性の動作が粗暴《そぼう》になって、それが言葉にも影響していると嘆《なげ》いておられる。荒っぽい言葉、語調の強い言い方、大声……。言葉はおしゃれの基本なのに、艶《つや》消しの女性が多くなった、と。

外山氏の『聡明《そうめい》な女の話し方』という本から、話し方のコツをいくつか拾ってみよう。

①何を話すか、よく考えて。
②聞いて分かりやすい言葉。はっきりした口調。
③言葉にやさしさを。相手の心を傷つけない。
④感情的にならない。
⑤自分のことはほどほどに。相手に多く話してもらう。
⑥告げ口、陰口は厳禁。
⑦聞いた話はいったん胸に。「ここだけの話よ」は禁物。
⑧口先の技術よりも、相手の心を明るくし、ほめること。
⑨話に笑いやユーモアを。
⑩言葉の結びに気をつける。
・断定した言い方は、押しつけに聞こえる。
・最後はほめ言葉で結ぶ。

＊

さて、この方々の話に共通しているのは、どんなに弁舌さわやかでも、心が伴わなかったらダメだということだ。あるとき、私は『稿本天理教教祖伝逸話篇』から、教祖《おやさま》のお言葉を抜き書きしてみて感嘆した。ここに述べた事柄が、まことに味わい深い表現で、すべて説かれていたのである。生かし、たすけ上げたいという親心の表れであった。聞き上手も話し上手も、その心は、まさにおたすけの精神であると言っていい。

私も、ほんとうの聞き上手になりたい。

鈍行列車の旅

　Ａ氏は大きな商店を営んでいる。四人の子どもは大学を出て結婚し、いまは奥さんと二人暮らし。クルマ道楽《どうらく》の彼は、よく奥さんをドライブに誘い出す。

　奥さんにとって夫のそんな気持ちは嬉《うれ》しいが、うっとうしくもある。内心、放っておいてほしいと思っている。夢中で働き、子どもを育て、気がついたら還暦近くになっていた。なにか、心にポッカリと穴があいた感じである。どう勘定《かんじょう》しても、あと二十年。残された貴重な歳月を、夫とドライブを楽しむだけで終わりたくない。

「家の仕事はきちんとします。でも、少しは社会へ出て自分を試してみたい。

書を習ったり、さまざまな美しいものにふれたり、心の充実感がほしいのです」だが、肩書とお金のモノサシしか持たない夫は認めてくれない。「これ以上、なんの不満があるのだ」と。

中年の時期は人生のクライマックスであるとともに、下降の始まりだという人がいる。

「進め、進め！」という若いころの生き方だけでは通用しなくなる。空《むな》しくもなる。そこに惑《まど》いが起こる。私の人生、これでいいのだろうかと……。

この中年の惑いを避けて通ったり、無自覚に通り過ぎた場合、いろいろな心の症状が出てくるという。

たとえば、その一つ。青年時代の生き方や考え方をそのまま持ち続けて、自信満々の人がいる。世間の信用もあり、家庭や職場では尊敬されてきた。ご同慶の至りだが、ともすれば、このタイプは、権力やお金にしか価値をおかない〝世俗人間〟になりかねない。

反対に、自分の過去に自信を持てない人は、愚痴《ぐち》やひがみが多く、人嫌いになりやすい。成功者を恨《うら》み、妬《ねた》み、「正直者は損をする」と自分を慰《なぐさ》める。

万年青年を装うタイプもいる。男性なら心身の若さや能力を誇り、部下や若者に対等の競争心を燃やし、親らしい気持ちになれない。女性の場合は、容姿《ようし》の美しさや魅力を誇示し、子どもっぽい独占欲や支配欲にかられる。それは中身が空《から》っぽの、見せかけの若々しさでしかない。

また、時代の変化についていけないとき、人はどこかで自分を守ろうとする。そこで、やたらに人生体験を振りかざし、他人の生き方や考え方を認めようとしなくなる。偏狭《へんきょう》で頑《かたく》なで、若者を敵対視し、「いまどきの若者は」とか「わたしの若いころには」という言葉を連発して、敬遠される。

結局、中年という人生の峠に立ったとき、心の転換が求められるのだ。その意味で、還暦という言葉はいまも生きている。昔は出家《しゅっけ》したり、放浪の旅に出た人もいた。しかし大多数の人は、現実を背負っているから、放浪の旅など夢でしかない。

だが〝心の旅〟ならできるだろう。A氏の奥さんには、心の旅を勧めてみよう。

「いままでは一刻も早く目的地へ行こうと、新幹線に飛び乗ったでしょうが、これからは道中を味わう鈍行列車の旅など、いかがですか？」と。

移りゆく車窓《しゃそう》の景色を楽しみ、時には知らない町で途中下車して歩いてみる。どの町にも人間の営みがあり、かけがえのない人生があることを知る。至るところ、親神様のご守護に包まれた世界であることを、じっくり味わえるような、そんな心の転換をしたい。

〝人生の午後〟は、たそがれの秋ではなく、成熟と実りの秋でありたい。親神様は、その旬を与えてくださる。たとえば女性にとって、更年期は「オンナの終わり」といわれてきたが、いまやそれは「人生第二幕目の始まり」である。

精神科医の小此木啓吾《おこのぎけいご》氏は言う。

「（更年期を通して）自己中心的な欲望が減少し、より成熟した精神的な愛情を持てるようになる。とくに母性としての愛情の深まりを、地域・隣人に対して広く向けることにより、社会的人間的な成長を遂《と》げる」と。

年配のご婦人に優れたおたすけ人が多いのも、うなずける。

岩に砕《くだ》ける清冽《せいれつ》な急流もいいが、大きな船を浮かべ、どんな塵芥《ちりあくた》も抱え込んで、ゆったりと海に注ぐ大河もまた魅力的である。「海」という文字が「母」を核としてできているのは、まことに興味深い。

「毎」という字は、いつも変わらぬという意味。

「悔」は、反省する。人の悲しみを悼《いた》む。

「毒」にだって、養うという意味がある。

これら素晴らしい言葉は、いずれも「母」という文字から成り立っている。

それに比べ、「女」がつく文字には、たとえば、「姦」「奸」「妖」。あまり良い意味がないのは、なぜだろう。

「嫁ッコいねえが」

『津軽山唄《つがるやまうた》』という民謡がある。叩《たた》きつけるようなあの津軽三味線《じゃみせん》ではなく、尺八《しゃくはち》による伴奏の、哀愁《あいしゅう》を帯びたその歌は名曲だと私は思っている。

雪に閉じこめられた長い冬が去って、若者たちは一斉に山へ仕事に出る。親の目から解放されて、娘たちと言葉を交《か》わすことができるのは、そのときだ。『津軽山唄』は、そんな春の喜びを歌ったものだと、高校時代、音楽の先生から聞いた。

その津軽に、こんな小咄《こばなし》がある。

ある若者が結婚した。初夜、祝宴も終わり、ようやく二人きりになった。部屋には赤い布団が敷いてある。花嫁は恥ずかしそうにうつむいている。ムコ殿は手ひとつ握れない。沈黙が続く。ついにたまりかねて、彼は言った。

「おまえの家に、梨《なし》の木なんぼある？」

真っ昼間、人前でキスして平気な今どきの若者には、この小咄のおもしろさが分からないかもしれない。なにしろ〝出来ちゃった婚〟が当たり前の世の中である。

そんなご時世でも、農家は嫁不足を超えて〝嫁飢饉《ききん》〟である。先般、東北のある農業青年たちが、東京のド真ん中で「嫁ッコいねえが」とデモンストレーションを行ったそうである。

娘たちが農家を敬遠するのは、仕事の厳しさや経済的な理由だけではない。家族関係も、多分に影響しているだろう。早い話が、正月やお盆《ぼん》に、帰郷した夫の兄弟たちを迎えて忙しく立ち働くのは、家を守る長男の嫁だ。散々食い散らし、「義姉《ねえ》さん、ありがとう」の言葉もない輩《やから》が少なくないという。親は親で、久しぶりに遠くから来た子たちをチヤホヤするが、長男の嫁が世話するのは当然だと思っている。「ご苦労さん」のひと言がない。

それなら都会はどうかといえば、これも事は簡単ではない。現代の女性は結婚を急がなくなった。いまどき生活費くらいは自分で稼《かせ》げる。アッシー君、ミツグ君、ツクシン坊《ぼう》という言葉すら古くなった。その気になればセックスフレンドだって不自由しまい。

『女性のデータブック』（有斐閣）という統計集によると、「女の幸福は結婚にある」と考える人がぐっと減って、その分、自立志向の女性が増えている。

「何かのために生きている人、そのためにたくさんのエモーション（感動・感情・情緒）や、エゴ（自我）を押し殺してしまうような人を、私は一個の個性として尊重しようとは思わない」

これは、作家の谷村《たにむら》志穂《しほ》さんの『結婚しないかもしれない症候群』という本の一節である。そのために一生独身で通すのかもしれない。そこで彼女たちは、二十代にして年金つきの保険に入り、マンションを買って老後に備え、そして、なぜか占いに凝《こ》るのだそうだ。

「生き方の選択肢《し》が豊富な現代では、それだけ迷いのかずも多くなり、けれど哲学らしきものは教えられていないし、……手っとり早い占いに走る」と、これは同じく作家の藤堂志津子《とうどうしづこ》さんの言葉だ。

一見、自由で豊かで華やかな現代女性の裏側にある、迷いや不安や孤独を垣《かい》間《ま》見る。現在、日本全国で飼われている猫は数百万匹。飼い主は、圧倒的に独身女性が多いという。

こうした女性の生き方には、共感、批判さまざまあろうが、男性の結婚難は当分続くと見ていい。が、それは男性自身にも問題がある。恋愛できない若者が増えているからだ。恋愛にだって、勇気や努力がいる。気づかいも大切だ。手とり足とりのマザコンが多くなったのか、いまや〝花婿《はなむこ》学校〟や〝恋の手ほどき塾〟まであるとNHKのテレビが伝えていた。

私の知り合いで、時々お見合いパーティーを催している男がいる。彼が、うかぬ顔で言う。

「いやあ、男性のほうが消極的というかアプローチ下手《べた》というか、全く、じれったくなる。なかには、ボクの結婚は教会の会長さんにお任せしてあります、なんてのがいてね。いったい誰《だれ》の結婚だと言いたくなるよ」

天理青年諸君！　恋人がいますか？

いまの娘さんたち、高収入、高学歴、長身が望みだからといって、悲観することはない。例の『女性のデータブック』によれば、女が惹《ひ》かれる男というのは、一にやさしさ、二に精神的強さ、三に誠実さだという。これなら天理青年の得意とするところ。これはという娘さんがいたら、自信を持って積極的にアタックするがいい。

と、ここまで書いた原稿を、さてさて私はうかつにも、妻に読まれたのである。

「あなた、こんな大見得《おおみえ》を切っていいの？　女性の自立志向は離婚願望にもつながるのよ。長年連れ添った亭主に愛想《あいそ》が尽きて、わたしの人生これでいいのかしら、と思っている中年、初老の女性がたくさんいるわ」

妻はニヤニヤしながら、「中年、初老」という言葉に、とくに力を込めた。

「うん。教会も他人事《ひとごと》じゃないね」と、私はあわてて言葉をそらした。

「教会は衆人環視《しゅうじんかんし》という面があるでしょう。若い人を育てていく大らかさを持った、ほんとうの陽気ぐらしの教会にならなければ息苦しくなるんじゃない？」。今度は妻も真顔である。

「そう。そして彼女たちのエモーションとやらを、おたすけのうえで花咲かせたいものだね」

ああ結婚式

今年は結婚式の当たり年らしく、つい先ごろも、わずか十日ほどの間に五つの式に出席した。おめでとうと祝い、招《よ》んでくれてありがとうの気持ちに変わりはないが、一家から何人も出席するとなれば、お祝い金に旅費などを合計すると、かなりの額にのぼる。

昔、田舎では披露宴を自宅でやった。花嫁が到着する前から酒が出て、「粗《そ》酒粗肴《しゅそこう》ではありますが、飲み物だけは十分に……」というのが当主あいさつの決まり文句。お嫁さんが見える時分には相当酔いが回っているから、プログラムも何もない。夜おそくまで宴《うたげ》は続く。長かった。

そこで「新生活運動」なるものが始まった。会費制、場所は公民館、引き出物なし。それではあまりに味気ないのか、公民館がホテルに変わり、手間が省ける分、お金がかかることとなった。それでも、地域によっては会費制のしきたりだけは残り、といっても会費はそんなに高くできないから、結局は親が負担することになる。

その点、北海道の披露宴はいい。札幌《さっぽろ》あたりのホテルでも、会費は一万円そこそこ。五千円を超える会費なら町の施設を貸さない、というところもある。それで飲み物も食べ物も足りて、なかなか楽しい。ただしその分、数をこなさなければならない。ある知り合いの披露宴に出たら、ミニ体育館ほどの会場にいっぱいのお客さんがいた。

「君はずいぶん顔が広いね」とムコ殿に尋ねたら、「いえ、知らない人がたくさん来ているんです」と言う。人数を集めなければ採算がとれないから、発起人たちが勝手にそれぞれの友人を招くのだと。友達の友達はボクの友達、というわけである。

ホテルの披露宴は長くても三時間までだが、最近は二時間でも長く感じる。「ご両家におかれましては」と、当事者とは縁もゆかりもない司会者が口上を述べ、ご両人も意味を知らないウエディングケーキ入刀。わずかな時間に着せ替え人形よろしく、何度もお色直しをして新郎新婦は不在。仲人《なこうど》のご主人だけが高砂《たかさご》の席で退屈している。カラオケがうるさくて会話もできず、キャンドルサービスではご両人スター気取り。

まあ長い人生、脚光を浴びることなどめったにないから、それもよかろうが、まさに〝披露宴定食コース〟。なかには傘《かさ》をさしたり人力車まで持ち込んだりするが、奇をてらうほど陳腐《ちんぷ》になる。高いお金をかけ、退屈し、たくさんの料理を食べ残し、使いもしない鍋や盆《ぼん》をもらって帰る。親はあとから借金苦。

なぜ、こんな馬鹿《ばか》らしいことが起こるのか。業者の言いなりになるからである。親戚《しんせき》や近隣の助け合いが薄れ、お金さえ出せば案内状の宛名《あてな》書きまでやってくれるのは、たしかに便利ではある。そこが業者の付け目。「一世一代のことですから」という殺し文句にコロリと参る。それに、相手方の母親が〝見栄《みえ》はる夫人〟なら、結婚前に波風立てたくないから、こちらもつい同調してしまう。父親はほとんど女房まかせ、変に口出ししないのが家庭円満の秘訣《ひけつ》でもある。かくて招待者の数が増え、余計なプログラムが加わる。こうして業者が儲《もう》かる。

ただ、世の中が不景気になって、ブライダル市場もぐっと地味になったと聞く。いいことだと思う。そもそも結婚式は、二人の契《ちぎ》りを神に誓うということであり、披露宴はお祝いであるとともに、ご両人を夫婦として認知するという一種の儀式である。決してショーではない。

先日ご招待いただいた披露宴には、前真柱様が臨席されていた。冒頭、新郎新婦ご両人のお礼のあいさつ、それを受けて前真柱様のお言葉。あとは余興がいくつか。プログラムは単純だが、なにかほのぼのとするものが伝わってきて、心からお祝いする気になれた。最後に前真柱様がお歌いくださって、おひらき。素朴で温かく、楽しかった。

もう一つは、神戸の小さなチャペルで。新婦は「誓いの言葉」に胸が詰まり、絶句してしまった。その感動が参列者にもジーンと伝わり、カラオケ余興一切なしの披露宴だったが、終わりに新郎の母がギター、マンドリンの伴奏で『愛の讃歌《さんか》』を見事に歌い上げ、大いに盛り上がった。

こうした披露宴は、人数が多くないからできる。結婚式は質素で心のこもった手づくりがいい。

いや、結婚披露宴だけではない。『天理教集会史（第一巻）』を読んでいたら、昭和二十三年の戦後間もない集会で、上原義彦《うえはらよしひこ》本部員が接遇慣習の改善を訴えていた。「接遇が大げさになっていないか。その分のお金を布教費に回したら、道の若い者、また、よふぼく信者がどんなに勇むことか」と。

ほんとうにそうだと思う。世の風潮につい知らず流されていないか。なにか行事があるとき、肝心な精神よりも、ご馳走《ちそう》や接待に気を取られていることがあるとしたら本末転倒である。形にとらわれるのは、誇るべき中身を見失っているからである。

親孝行懺悔録

私の母は、若くして夫を喪《うしな》い、終戦の混乱期以降、教会長として、また四人の子の母として忙しく働いてきた。晩年はリウマチを患い、寝たきりになったが、苦労してきた母だし、報いるのはこのときとばかりに親孝行をしたつもりが、親の心子知らず、実際には裏目に出たことも少なくない。以下、その懺悔《ざんげ》録《ろく》である。

▼役に立ちたい

母と教会長を交代するとき、私はこれまでの苦労をねぎらう気持ちで、「お母さん、これからは好きなようにしてください」と言った。母は喜ぶと思いきや、逆に悲しそうな顔をした。あとで気がついたのだが、「好きなようにしてください」とは、「何もしなくていい」「アテにしていない」という言葉と同義語だったのだ。

だから、教会長を代わってからも、母は奥の部屋からさまざまな指令を出した。しかし、いくら経験豊富な母でも、現実にふれていないと次第にズレが生じてくる。「そこまで心配してくれなくても」と、内緒で事を運ぶことが多くなった。そして母の老化は次第に激しくなった。

母をそうさせたのは、おそらく息子夫婦の頼りなさと、これまで八方に心を配ってきた習慣と、そして何よりも、自分もなにか役に立ちたいという思いからであったろう。

マザー・テレサのこんな言葉がある。

「この世で最も不幸な人は、病気の人ではありません。貧乏な人でもありません。それは誰《だれ》からも必要とされなくなった人です」

▼演技

母はかなり容体が悪そうに見えても、お客が来ると、人が変わったように元気になった。ふだん仮面をかぶっているのではないかと思い、内科医である叔父《おじ》に尋ねたら、そうではないと言う。

「人間誰でも、他人には格好悪いところを見せたくないものだ。だから無意識のうちに演技をする。その気持ちが自分を支えるのだ。大事なことだよ」

「どちらがほんとうの自分なのかな?」と問うたら、「両方だよ」と。

▼鬼

もう一人、友人の医師に言われた。

「お母さんを寝たきりにさせたくなかったら、心を鬼にして、痛がっても歩かせろ」

私は鬼になれなかった。そして、母は寝たきりになった。痛がっても無理して歩かせるべきだったのか、寝たきりになっても痛くないほうがよかったのか、いまでも分からない。もっとも最近では、痛くないリハビリが開発されているかもしれないが。

▼そばにいる

寝たきりの母の枕元《まくらもと》に呼び鈴《りん》をつけた。初めは調子よくいっていたが、やがて五分とおかずに鳴るようになった。慌《あわ》てて行ってみれば用事はない。一時間に何度も誰かが部屋へ行っているのに、不要のベルでみんなが振り回される。

「いくら母でも、この忙しいのにあんまりだ。一度言ってやろう」と部屋をのぞいた途端、胸を衝《つ》かれた。

母は呼び鈴を懐《ふところ》の奥深く抱いて、私の顔を見るなり言った。

「これは、わたしの命綱だもの」

本人にしてみれば、たった一本の呼び鈴のコードだけが外の世界とつながる命綱。一人でいることの孤独感、不安感、恐怖感……。隣の部屋は外国より遠いのだ。のちに読んだ本に、歩けない人への介護の基本として、たとえ子どもでもいいから誰かが「そばにいる」ことと、「直接手を当てる」ことが、第一の要件として挙げられていた。

▼手当て

その手当てについても、失敗がある。母が入浴するのに、女たちだけでは思うにまかせず、私は工夫して、寝室から浴室までは担架として用い、浴槽《よくそう》の中では座いすとして使える器具を作った。今日のように、訪問介護が一般的になる前のことである。

これは特許ものだと自慢して母を乗せた瞬間、ギャーッという悲鳴。「頼むから下ろしておくれ！」。誰かが飛んできて抱き上げ、浴槽に入れてくれた。

ブランコのような揺れに恐怖を感じたのである。私は世話するほうの都合は考えたが、されるほうの気持ちを汲《く》んでいなかった。手当てとは文字通り、その人の身になって手を当てることであった。

▼出直しもご守護

「私が死んでも、なにも悲しまなくてもいい。出直しも親神様の大事なお働きだよ。だから、お礼を申し上げてほしい。これまで生かしていただいて、ありがとうございました、と」

あるとき母は、子どもや孫を枕元に呼んでそう言った。

わが子たちは、老いて、ちんまりと小さくなって、時に意識も定かでなくなるおばあちゃんの部屋に一緒に起居して、たとえ子どもなりにも、生きていることへの畏敬《いけい》の念を学ばせていただいたように思う。

介護のご褒美

「あなた、身体《からだ》を大事にしてね」

腰痛のため、冷凍マグロよろしく横たわっていた私に、妻は言った。

「あなたに寝つかれたら、わたし困ってしまうわ。教会の御用に、子どもたちの面倒に、その他もろもろ。とてもあなたのことまで手が回らないのよ」

脅《おど》したな、と苦笑したが、あり得ないことではない。私の母も晩年、寝たきりになって、妻は介護の大変さが身に染《し》みている。

「それにしても、女性というのは大したものだね。人間、人生の始めと終わりは必ず女の人の世話になる」

「ハハハハ、おだてたってダメよ。長患《わずら》いを介護する人は、身も心もクタクタなんだから。いま、人間らしく一生を終えることが課題になっているでしょう。大事なことだけど、それにはまず、お世話する人が人間らしさを取り戻さなければいけないと思うわ」

「おまえが母の世話をしてくれるのを見ていて、ほとほと感心したがね。妻とか嫁とか言ったって、血を分けた親子でもないのに、どんな気持ちで介護しているんだろうと」

「うちの場合は教会だから、人手もあって助かったけれども、一般の家庭では大変だと思うわ。人間誰《だれ》しも疲れてきたら荒い言葉も出るし、態度が少し乱暴になることだってあるでしょう。それが普通じゃないかしら。ところが、たまたま訪ねてきた人がそこだけを見て、あそこの嫁はどうのこうのと言う。かわいそうだわ」

「うん、あるある。つまり、多少は手荒に見える嫁さんでも、長患いの介護をしている以上、まずは敬意を払え、というわけだな」

「そうよ。介護している女の人は、たいてい孤立無援なんだから。そして先が見えないの。ああ、こんな生活、いつまで続くんだろうと……」

私は、いつか読んだ熊本県菊池《きくち》病院院長の室伏君士《むろふしくんし》氏の言葉を思い出した。認知症（痴呆《ちほう》）が起こってくると、家族に不安・混乱が始まる。この時期、周囲の人がよく相談に乗り、理解させることが大切だという。

次いで、介護拒絶期が訪れる。それは介護者が孤立する時期によく見られる。第三の段階は、諦観《ていかん》。混乱から抜け出し、いい意味での諦《あきら》め。周囲はこれを支援してやること。

そして、第四の段階は受容。対応の仕方で良くもなるし悪くもなる。そこが介護やケアの神髄《しんずい》である、と。

「ありがとうとか、ご苦労さんとか、せめてねぎらいの言葉一つでも……」

「ある奥さんの話だがね。姑《しゅうとめ》さんが寝たきりになって、多少ボケも出てきたそうだ。奥さんにしたら、家の仕事もあるし、姑さんの世話もしなければならないし、大変なわけだ。夫は忙しくて、ほとんど家にいない。近くに夫の姉妹たちが住んでいるのだが、手伝おうともしない。それどころか監視の眼差《まなざ》しで……」

「小姑《こじゅうと》一人は鬼千匹?」

「まあ、なにかほかの事情もあったのだろうけど、奥さんにしたら喜べないわけだよ。とうとう夫婦の仲までおかしくなって……。そうしたら、高校生の娘さんが学校へ行かなくなった」

「やっぱりねえ。夫婦はすべての基本だものね」

「ところが、その娘さん、一生懸命おばあちゃんの世話を始めたそうだ。親神様は、家庭のトラブルを娘の不登校というかたちで諭してくださったが、半面、寝たきりのおばあちゃんを通して、娘さんにやさしい心を育ててくださったのだと思う。そこの家庭に伺ったとき、娘さんはニコニコして、とてもいい表情だった」

「うちの子どもたちだって、大事なことはみんな、寝たきりのお義母《かあ》さんに教《おそ》わったようなものね。長患いの人の介護をして、生かされていることの深い意味が分かっていったと思うの。そのことを一緒にたずね求めていくことも、一つのおたすけではないかしら。たんのうしなさいと、口で諭すのではなくってよ」

「子育てを通して親が成人するように、親の介護を通して子のほうが成人する。親神様は、ちゃんとご褒美《ほうび》を下さっている」

私は、介護に明け暮れるある主婦からの葉書《はがき》を思い出した。

「いま、この母と一つ生命《いのち》に結ばれていることを、心の底から感謝しています。教祖《おやさま》のおかげです。ありがとうございます」

「父と子」二題

T君は、北国の小さな新聞社に勤める印刷工だった。師走《しわす》の三十日だというのに、夜の九時まで残業が続いた。中学卒、自衛隊出身の彼にとって、田舎町で満足のゆく仕事を探すのは難しかった。いまの職場も、細かい活字を拾うと目が疲れるし、残業も多い。それに、何より給料が安い。ただ一つ、絵を描《か》くのが好きな彼にとって、新聞社という文化的な雰囲気の職場にいることが慰《なぐさ》めだった。

だが、その日はいささか心が弾《はず》んでいた。ボーナスが支給されたのである。薄いボーナス袋だったが、作業服の上からそっと確かめて外へ出た。

吹雪《ふぶ》いていた。道路はカチカチに凍っていた。家路を急ぎながら、幼い娘たちの顔が浮かぶ。上の子は防寒着を欲しがっていた。下の子は冬用の靴をせがんでいた。「ボーナスをもらったらな」。何もかもボーナス待ちにしていたが、その額は、家族みんなの求めを満たすにはほど遠かった。

「俺《おれ》の絵の具は、またお預けか……」

雪国の夜には、何かしら人恋しさを誘うものがある。吹雪《ふぶき》にかすんでスナックの灯《あか》りが見えた。吸い込まれるようにドアを開けた。一瞬、後ろめたさが心をよぎったが、ほんの銚子《ちょうし》一本のつもりだった。自分へのささやかな慰労、そう思うことにした。

店にはママが一人。客はいない。その、ちょっとのつもりが、千鳥足《ちどりあし》で家に帰ったとき、ボーナスの大半が消えていた。時計は午前一時を回っていた。妻と、あどけない二人の幼子は川の字に並んで寝入り、その薄い布団の上に、窓のすき間から吹き込んだ雪がうっすらと積もっていた。

慚愧《ざんき》の思いに泣きたかった。自責の念、家族へのすまなさ、いとおしさ。胸がキリキリ痛んだ。そのやりきれない感情を吐《は》き出すように、彼は夢中で絵筆をとった。

　妻と子の寝姿を描いたその絵は、私たちにも深い感動を与えた。『母と子』と題して二科展へ出品し、見事に入選した。地方に在住しながら中央画壇にも名が通っている師匠は、「君、この絵は生涯二度と描けないな」と言った。

　その娘たちも、いまや大学生と高校生。彼は通年、出稼《でかせ》ぎをして学資を捻出《ねんしゅつ》している。「大変だね」と言うと、「なに、父親としての償《つぐな》いです」と頭を掻《か》いた。

＊

「恩師の墓参りがしたい」という音楽家がいて、天理へ案内したついでに、秋の一日、奈良のお寺へお供した。

　恩師というのは、さる国立大学の音楽科教授で、奈良市の出身だった。

「奥さんが病身でね」と、寺への道中、弟子なる音楽家は師の回顧談を語り始めた。「家に帰りたくなかったんだろうなあ。先生は僕たちを引き留めるんだよ。研究室というのが昔の兵舎で、暗くて寒々としていた。薪《まき》ストーブを囲んで、夕方になれば、そこでウイスキーを飲む。あのころは大学教授といえども『トリス』だ。飲んで、いろんな話をして、しまいには『ここへ泊まろう』と言いだす。先生は壊れかけたソファーに寝て、僕はテーブルの上で横になる。次の日、女房へアリバイを証明してくれ、と頼まれたりしてね」

「奥さんが怖かったんですか？」

「そうではない、わびしかったんだね。家には病弱の奥さんと、幼い男の子と、家政婦の三人だけだ。たぶん、やりきれなかったんだろうなあ」

寺へ行く前、その恩師の実家に立ち寄った。仏壇《ぶつだん》の前に楽譜が散乱しているのに驚いた。その楽譜には、なにやら見たこともない奇妙な符号がいっぱい書かれてあった。

当時の幼い男の子は、いま、ある有名国立大学の音楽科の助教授だという。

「僕は親父《おやじ》を恨《うら》みましたよ」と、息子さんは言った。

「小学生のころ、飲み屋のツケを払いに行かされるんです。おかげで、そこのお姐《ねえ》さんたちには可愛《かわい》がられましたがね。しかし、病気の母や幼い僕たちを放っておいて、酒を飲み、家を留守にするとは何ごとかと、父には徹底して反発しました」

この若い助教授は、どこか遠くを見るような眼差《まなざ》しで言葉を続けた。

「でもねえ、このごろ親父の気持ちが分かるんです。心が詰まったとき、仏壇の前に座って親父と話をするんですが、親父、ちゃんと応《こた》えてくれますよ。……僕はずっと現代音楽の作曲をやってきたのですが、つい最近、楽譜を全部破り捨ててしまいました」

「……」

「親父はイッパイ飲んで帰ってくるとき、いつも楽しそうに自分が作った歌を口ずさんでいました。ところが僕には、そんな歌が一つもないことに気がついて、愕然《がくぜん》としたのです」

秋のやわらかな日差しを受けて、素足に下駄《げた》ばきで墓前にしゃがみ込み、手を合わせるこの助教授は、少年のように見えた。お父さん、いまやっと素直になって話せますね。お互い愚《おろ》かで、不器用で、哀《かな》しみをこらえた男同士として……とでもいうように。

第二章「こころの光」

〝これくらい病〟流行

生まれて初めて刑務所の門をくぐった。愛媛県は西条《さいじょう》市、交通刑務所である。刑務所といっても塀《へい》はない。建物も清潔で明るく、刑務官の皆さんはキビキビして、さわやかである。しかし、やはり刑務所。窓には鉄格子《てつごうし》、行く先々、厳重に施錠《せじょう》した重い扉《とびら》でさえぎられていた。ここで話をさせていただくのである。研修室とおぼしき部屋に、二十人ほどの受刑者が机を並べていた。

「起立！　礼！」。その号令に緊張しながら、私は、つい今しがた見学してきた愛媛県総合科学博物館のことから話を始めた。

その博物館は、隣の新居浜《にいはま》市にあった。まず最初は宇宙のコーナー。果てしなく広がる宇宙空間で、太陽は豆粒に見えた。その周りをグルグル回る地球はケシ粒にも満たない。そこに、六十億余の人間が無数の生物と共に生きている。そして、その一つひとつの生命の中では、驚くべき神秘の営みが展開されている。私は、この大宇宙と小宇宙を貫く壮大なシンフォニーに圧倒された。

どんな生命にも創造主の思いが込められている。私は受刑者たちに、そのことを話したかった。こちらの拙《つたな》さもあって、どこまで伝わったか分からないが、彼らの多くから、必死に何かを求めているひたむきさを、たしかに感じ取った。そのほとんどが、いまが働き盛りの壮年層であった。この人たちの妻や子は、どんな気持ちで日を送っているのだろうか。そして、この人たちは、人命を奪ったという重い鎖《くさり》を一生引きずって歩くのだろうか。

実はここへ来る前、私の周辺でも交通トラブルが立て続けに三回起きた。事故にはならなかったものの、受刑者のことは他人事《ひとごと》ではなかった。刑務所の内と外を分けるのは、一瞬の差である。まさに一〇〇分の一秒の奇跡ともいえた。その奇跡が三回続いたのである。

三回も続けば、悪霊の祟《たた》りかとお祓《はら》いをしたくもなるだろう。しかし、大事に至るところを、三回に分けて、軽い形で見せていただいたと考えれば、悪霊どころか、神様に守られていたのだと気がつく。ものは考えよう、などと気休めを言っているのではない。小さな出来事を通して、日ごろのあり方に注意を促されているのだ。そこで目覚めてこそ、「大難は小難」に通らせていただくことができる。

朝、仕事に出る。夕方、帰ってくる。平凡な一日が終わったと思う。だが、その陰には数えきれない奇跡がある。こちらが正しく車を運転していても、向こうからぶつかってくるかもしれない。心臓マヒで倒れるかもしれない。そう考えると、夫が仕事から帰ってきたとき、「あなた、よくぞご無事で……」と首っ玉にしがみついてもいいはずだが、誰《だれ》もそんなことはしない。「当たり前」だと思っている。何ごとも当たり前と思う心には、大切なものが見えてこない。

人身事故を起こした人たちも、たぶん、その前に〃小さなしらせ〃があっただろうと思うが、ふつう、少々のことは誰も気に留めない。

「これくらいのこと、みんながやっていることだから。そうした慢心が事故を生むのです」と西条刑務所の所長さんも言った。

なにも交通事故に限ったことではない。高級官僚の世界から庶民の日常生活に至るまで、〃これくらい病〃が蔓延《まんえん》している。この病気、慢性病である。初めは多少の良心の疼《うず》きがあっても、次第にマヒし、しまいには善悪の区別さえつかなくなる。その結果、家族関係をはじめ、そこかしこに困った症状が出てくる。

この病気の特効薬があるとすれば、すべての成ってくることを、自分に見せられた姿だと悟ることにあるだろう。だが、自覚症状がないから、警鐘を警鐘として受けとめにくい。天理教のご神言にも「少しぐらいこんな事ぐらいという理はむさくろしい」（おさしづ　明治24・1・29）と教えていただく。まさしく、草がしこりて道知れず、という状態になってしまうのである。

＊

さて、愛媛の旅のついでに内子町《うちこ》へ足をのばした。大江健三郎《おおえけんざぶろう》の生まれ育った山や川を見たかったのである。清潔な町だった。「ノーベル賞作家の故郷だから、みんなで美しくしたい」と、タクシーの運転手が言った。

その大江氏に、「癒《いや》される者」という講演記録がある。障害をもったご子息、光《ひかり》さんのことにふれて、感動的だった。

「光という子供が恢復《かいふく》してゆく過程に立ち合うことによって、自分たちも癒されてきた」

「人間が病気から恢復するということ自体に、まわりの人間を励ます力があるということを、教えられてきたように思います」

大江氏は、そう語る。

あの受刑者の皆さんも、それぞれのつらい試練から何かを得て立ち直ることができれば、家族をはじめ周囲の人たちにも、大きな励ましと力を与えることになるだろう。それでこそ「節から芽が出る」のだ。そう思い、祈らずにはいられなかった。

旅の終わり、天理へ帰って真夜中の神殿に参拝する。静寂の中に深々とぬかずく姿があった。黙々と回廊を拭《ふ》く若者がいた。省みて私自身、忙しく動き回るだけで、心澄まして教祖《おやさま》と向き合うことが疎《おろそ》かになっていることに気づいたのである。

勉強しませんか

教会で高校卒業生のお祝いの会を開いた。いつもの学生会のメンバーが、それぞれ初めて学生会に参加する友人を連れてきた。驚いたことに、その新人諸君、誰《だれ》一人あいさつもせず、女の子も立て膝《ひざ》でものを食べ、そのうちどこかへ消えてしまった。〝高校生原始人〟といったら、ほんものの原始人に失礼か。

「たいていそうですよ」

と、高校の先生が言った。

「それでも社会へ出て訓練を受けたら、まともになりますがね」

いまや家庭も学校も、子どもの躾《しつけ》にはお手上げということか。いや、社会へ出る前に、私が経営者なら採用しないだろう。高校生の就職難が問題になっているが、あながち不景気のせいだけではあるまい、と思ってしまう。

大学を出ても事情は大して変わらない。私の友人が、生まれたばかりの孫に、奮発してお年玉に二万円あげたそうである。ところが、息子の嫁さんから一万九千円が送り返されてきた。「子どもに二万円は多すぎます」と。嫁さんは小学校の先生だが、親の心が分からない。一事が万事。その夫婦は、とうとう離婚してしまった。

学歴と人間的な素養とは、どうやら別もののようである。ここに芥川龍之介《あくたがわりゅうのすけ》、二十五歳のときのラブレターがある。相手は文《ふみ》ちゃんという十七歳の少女だ。「文ちゃんは、何も出来なくてもいいのですよ。今のまんまでいいのですよ。そんなに何でも出来るえらいお嬢さんになってしまってはいけません。そんな人は世間に多すぎる位《くらい》います。えらい女は、大抵にせものです。あんなものにかぶれてはいけません。つくろわず、かざらず、天然自然のままで正直に生きて行く人間が、人間としては一番上等な人間です」

大正時代のこの恋文、現代の若者はどう読むか。

天然自然のままで素直な人間というのは、今日でも貴重な存在だが、それは不作法な現代の〝原始人〟とは全く異なる。なんでもできるエライお嬢さんになる必要はないが、それでも学ぶことは大切だ。人の話によく耳を傾け、本を読み、自分を見つめる習慣を身につけないと、独りよがりの傲慢者《ごうまんもの》になってしまうだろう。

＊

いつか青年時代、ある教区で若い人たちの大会があり、宗教史の研究者で東京大学教授の笠原一男《かさはらかずお》氏を講師に招いたことがある。私もパネリストとして参加した。笠原氏は「天理教の皆さんは、もっと勉強してください」とおっしゃった。そのとき最も多かった質問は、「どんな勉強をしたらいいのでしょうか？」ということだったのである。そんな質問が出るというのは、自分の取り組むべきテーマ、自分の課題を持っていないということなのだ。勉強する意欲が湧《わ》かないのも当然である。

勉強といっても、たいそうに考えなくてもいい。たとえば『おふでさき』や『おさしづ』、あるいは『稿本天理教教祖伝逸話篇』からでも、心に響くお言葉を、毎日二、三行ずつ書き写すことから始めたらどうだろう。

また、若い人の中には、他宗教を知ろうとして『どんな宗教が役立つか』という類《たぐい》の本を手にしているのを見かけるが、それも無駄《むだ》ではないにしても、たとえばキリスト教なら四大福音書《ふくいんしょ》の一つでも、仏教なら『歎異抄《たんにしょう》』の一冊でも読んでほしい。知識より心を養うことが先決なのだ。

かくいう私も、ある先生から「君、太りましたね。勉強していない太り方ですね」と注意されて赤面したことがある。その先生は、こうも言った。

「君にとって勉強するということは、神の守護するこの世界が、どんなに神秘に満ちたものであるかを、より深く認識することではないのか。そのためには天理教以外の本も多く読まなければいけない。人間、さまざまな価値観があり、生き方がある。それを理解し、尊重することが、君の信仰をいっそう豊かにするだろう。人間とは何かを知らないで、どうして人間に布教できるだろうか」と。

私どもの教会の信者さんの娘が、カトリック系の高校に入った。礼拝は強制されていないので、彼女はその時間、礼拝場の後ろで座っていた。そこへ生徒指導の先生がやって来て、「礼拝しないなら出て行け！」と叱《しか》った。それを見ていた校長さんが言った。

「出て行けというなら、先生、あなたが出て行きなさい。この子は、天理教という立派な信仰を持っているのです」

話を聞いて、私は唸《うな》った。いったいその寛容さは、どこからくるのだろう。

袖の中の花園

私の知り合いに加藤喜代重《かとうきよえ》さんというご婦人がいる。九十歳になったと聞いて、お祝いに、彼女が作った俳句を句集にして差し上げることにした。
北海道は岩見沢《いわみざわ》から分岐する万字《まんじ》線。その終点の炭鉱町で、加藤さん夫婦は商いをしていた。句作といっても誰《だれ》に習うとか、なにかサークルに入っていたわけではない。

七十七歳で、ご主人に先立たれる。
香水を残らずかけて棺を閉じ

しんしんと音なき空やひとり住む

やがて炭鉱は閉山となり、鉄道も廃された。八十五歳にして一人息子をも弔《とむら》う。

定めとは思えど辛《つら》き子の別れ
ひとり行く地の果て空に雪ふるや

歌は「訴うる」ことだという。あふれる情念は、悲しみを秘めつつも新しい世界を開く。

五月雨《さみだれ》や八十路《やそじ》に派手な傘《かさ》を買う
鶯《うぐいす》も陽春《はる》に誘われ恋をする

「鶯が恋をするって、どうして分かるんですか？」と尋ねると、「鳴き声にひときわ艶《つや》があるのです」と言う。鶯の恋に聴き入る九十歳。

加藤さんはいま、札幌《さっぽろ》で教会生活をしている。膝《ひざ》が痛いと訴えるほかは、いまだ彼女の愚痴《ぐち》や嘆きを聞いたことがない。

俳句には全く不案内な私だが、句集のワープロ打ちを進めるうちに、激動の時代を一世紀近くも生き抜いてきた一人の女性を通して、生きることの愛《いと》おしさが胸に迫ってきた。わずか三十ページほどの小冊子ではあったが、「編者のあとがき」は襟《えり》を正して書いた。

*

天理教の教祖《おやさま》に、こんな逸話がある。

教祖がいつもジッとお座りになっているので、ある信者さんが、さぞご退屈であろう、どこかへご案内しようと思って伺うと、教祖は、

「ここへ、一寸《ちょっと》顔をつけてごらん」

と仰せになって、ご自分の片袖《そで》を差し出された。それで、その袖に顔を近づけると、見渡す限り、一面、牡丹《ぼたん》の花盛りであったという。

(『稿本天理教教祖伝逸話篇』七六「牡丹の花盛り」)

神の懐《ふところ》住まいをしていると自覚する人には、このような花園が心に広がっていると私は悟るのだが、袖に顔を近づけても何も見えない人がいる。花園を見るには、感性が必要なのだ。

加藤さんは年老いて夫に先立たれ、息子に死なれ、天涯孤独。しかし、信仰の力と句を詠《よ》む感性が、この世の花園を覗《のぞ》かせた。

そのことについて、精神科医でもある神谷美恵子《かみやみえこ》さんの著書が興味深い。

「美という感情が、ひとのこころの旅の質を決める上できわめて重要である」「道徳的・宗教的感情さえ、この審美感の助けなくしては人間性を無視した方向へ暴走し、高く美しいものたりえない」（『こころの旅』）

こんなことを書くのも、青少年の相次ぐ事件を見るにつけ、ゆがんだ奇っ怪な美意識が、若者たちの内面に色濃く影を落としているように思うからである。いや、若者だけではない。汚職にまみれた政治家や高級官僚についても、美意識の欠如を鋭く指摘する識者もいる。

神谷さんによれば、美的感覚は三歳を過ぎると目覚ましく発達するが、もっと早く、遊びの中に、その芽が潜《ひそ》んでいるという。

うちの子はピアノを習っているから大丈夫、と安心する親もいるだろうが、それで美意識が育つとは限るまい。せっかくの「音楽」が〝音学〟になったり、〝音が苦〟になっては逆効果だろう。お受験ブーム、幼児の早期教育、そんな風潮がかえって子どもの遊び心を失わせてはいないだろうか。

かくいう私にも、苦《にが》い思い出がある。

ある夏休み、小中学生のバス団体を引率して天理へと向かった。夕食をとったのが、山形県の日本海に面した海岸。食事を終えた子どもたちが外へ出ると、一斉に「うわあっ」と喚声《かんせい》を上げた。大きくて真っ赤な夕日が、いましも水平線に沈もうとしていた。天空いっぱいに広がった金色の雲の、刻々と変化するその彩り。出発時刻を過ぎても、誰も動こうとはしない。

そのとき、「急いでバスに乗りなさい！」と、私は怒鳴《どな》ってしまった。早く目的地に着くことばかりが念頭にあった。大きな口を開けて、一緒に夕日に見とれていればよかったのである。

美しいものを美しいと感じる心。それを育てるには、親や教師が使う言葉が大きく影響する。やたら文学的な表現をしなさいというのではない。「いいお天気だねえ」「おいしいねえ」「嬉《うれ》しいねえ」「ありがとう」。そんな喜びの言葉を、いつも発したいと思う。声は肥《こえ》、言葉は心の成長の肥《こ》やしである。そして、喜びの言葉かけは、大人自身をも変えていく。

〝札チン族〟物語

一夜、札幌《さっぽろ》で小宴があった。面々は意気軒昂《いきけんこう》な大会社の支店長たち。世界中を駆け回って旅客機を売買する話や、全国各地の旅館を食べ歩く話など、聞いていて興味が尽きなかった。

「ところで皆さんは、ふだん何を食べているのですか?」

酔いにまかせて失礼なことを尋ねた。一人残らず単身赴任である。

「ハハハ、六時半が勝負ですよ」と、旅客機氏が言った。

デパートの地下の食料品売場で出来合いの寿司《すし》を売っている。夕刻六時半から七時まで、売れ残りが半額になる。それを狙《ねら》って長い行列ができる。あっという間に売りきれる。「それを買うタイミングが難しい」と、食べ歩き氏が同調した。

何十、何百億の商売をする大会社の支店長が、一個数十円の半額寿司のために、そわそわして時計を見る。その対比がおかしかった。この人たちの闊達《かったつ》でさわやかな人柄から、少しもシミッタレた感じは受けなかったが。

「原価計算をすれば」と、別の支店長が言った。いままでは刻んだキャベツなどを買ってきてモリモリ食べていたが、ずいぶん高くつくことに気がついた。そこで、自分ですべて調理しようと決心する。一週間分の献立表を作り、あとは包丁と、電子レンジでチン。「すべてチンのおかげです」。これには一同、大きくうなずいた。

かつて「札チョン族」という言葉があった。札幌という〝楽しい土地〟に赴《ふ》任《にん》するチョンガー族（独身者、単身赴任者）の優雅さを揶揄《やゆ》した言葉だが、さしずめ今は〝札チン族〟というところか。

さて、この人たちの家庭はどんなふうなのだろうか。単身赴任のご主人が久しぶりに家へ帰ったとき、温かく迎えられ、子どもたちとも団欒《だんらん》のひとときを過ごすのだろうか。

広い世間には、家へ帰ると、奥さんが子どもやら何やらの愚痴《ぐち》ばかり並べるのでかなわない、と言う人がいる。帰っても奥さんは素っ気ないし、子どもも知らんぷり。居場所がないという嘆きを聞いたこともある。

新宿《しんじゅく》のビルにクリニックを開いている年配の女医さんが言うには、本来なら治療の必要もないビジネスマンが、おふくろを求めてやって来るそうである。

「ストレスが多いんですね」と女医さん。

「甘えるんじゃないわよ。それなら私たちはどうなの?」と、留守を守る奥さん方は反論するだろうか。

いつか、中年と初老の男性だけで伊勢志摩《いせしま》へ旅行したとき、ガイド嬢がみんなに尋ねた。

「もし、あなたに一億円あったら、何に使いますか?」

ほとんどの人が、こう答えたのである。

「いままで女房に苦労かけてきたから、一緒にゆっくり旅行でもしてねぎらいたい」

後日、私が婦人会のバス団体を引率したとき、そのことを話したら、

「わあっ、亭主と一緒なんて真っ平ごめん」

と、おばさんたち。世話が焼けるばかりで、ちっとも楽しくないのだそうな。


大きな書店で家族関係の本をあさってみて驚いた。『嫌《いや》になったらすぐ別れなさい』などという物騒な本がズラリと並んでいる。それかあらぬか、離婚が増えている。

公官庁が刊行する『白書』などを読んでみれば、なかなか興味深く、「結婚しても相手に満足できないときは離婚すればよいと思うか?」との問いに、賛成派が年々増えている。それでも欧米に比べれば、まだ低い。

K子という少女がいた。私が高校の講師をしていたときの生徒だが、ある日、

授業中の態度が悪かったので怒ったことがある。夏休み、彼女から手紙をもらった。

「あのときはごめんなさい。実は前の晩、父に女がいたことが分かり、母と大げんかの末、離婚することになってしまいました。とても授業を受ける気持ちになれませんでした」

彼女は聡明《そうめい》だったから、足を滑らすことなく成長したが、しかし自身もまた、二児の母となってから離婚した。K子に限らず、離婚した親と同じ軌跡をたどる子が意外に多いことに気づくのである。離婚した夫婦の子の半数は離婚している、という統計もあると聞く。

近年、「自己実現」という言葉をよく耳にする。大事なことではあるが、その自己とは、親として子として、夫として妻として、また社会の一員としての自己でもある。

忍耐とか犠牲とかではなくて、あたかも親が子の喜ぶ姿を見て嬉《うれ》しいように、周囲の喜びを、わが最上の喜びとするることのできるような、そんな自己を実現していきたいものだ。

「皆《み》んな勇ましてこそ、真の陽気という」（おさしづ　明治30・12・11）

そんな教えが、天理教にはある。

ちなみに、そうした人はボケにくく、死に臨んでも比較的平静でいられると。

これは、お医者さんから聞いた話。

引き出す力

瀬戸の海は小雨にけむっていた。ここ広島県、因島《いんのしま》。市民会館大ホールは、すでに満員であった。「国際酵素《こうそ》農業シンポジウム」が開かれるのである。

私たちが起きているときも眠っているときも、身体《からだ》の中では絶えず生命の営みが続いている。食べたものが血となり肉となり、化学反応が繰り返される。その働きを促進し、手助けするのが酵素である。植物もまた同じこと。いま、酵素を活用した農業が注目されているという。

シンポジウムでは、さまざまな面から酵素の働きに光が当てられた。なかには、食品用酵素でがんが快方に向かったとか、脳内出血の血のかたまりが吸収されたとか、農業そっちのけの体験談もあって、私は自然の持つ不思議な力に感じ入ってしまった。会場の外で所狭しと陳列されていた見事な野菜や巨大なカボチャが、その一端を物語っているように思えた。

「自然の力を引き出そう」。そう発想したのが、地元、因島の酵素製造会社の社長、松浦新吾郎《まつうらしんごろう》氏である。もともと老舗《しにせ》の造り酒屋の跡取りだったそうだが、東京の大学で醸造《じょうぞう》の勉強をするうちに、酵素の魅力にとりつかれてしまった。研究に没頭するあまり、子どもの学用品さえ買えぬ窮乏《きゅうぼう》の日々もあったという。

その社長さんにぜひお会いしたい、と思った。それには理由《わけ》があった。

天理教の教えによれば、この世界と人間を創造した親神様の十全の守護（生きるに必要な十の全き守護）の一つに、成長の営みを司《つかさど》る働きがある。それを「引き出しの守護」という。

教育という言葉もまた「引き出す」という語源に由来すると聞く。天から与えられた能力を引き出すのである。ならば、生命の働きを促す酵素のように、人間の能力を引き出す〝心の酵素〟もあるのではないか。そう考えたのである。

念願叶《かな》って一夜、社長さん夫妻にお会いすることができた。第一印象をいうなら、理学博士のこの社長さん、まことに受け上手《じょうず》、聞き上手であった。この謙虚さが伸びる秘訣《ひけつ》かな、と思った。天理教では、親神様の引き出しの守護に最も適《かな》う心が、低い心、謙虚な心だと教えていただく。反対に、いくら能力を秘めていても、その謙虚さを失ったときは行き詰まることになる。

そばで奥さん、ニコニコして話を聞いておられる。

「どうしてご主人と結婚なさったのですか？」と伺うと、

「この人に夢を感じたんです」。

「社長さん、あなたの夢って何ですか？」

「自分の会社や酵素農業の発展というよりも、私は日本の、いや世界の農業が夢を持てるようにお手伝いしたいのです」

松浦家は、おばあさんの代から天理教の熱心な信者だそうだが、この会社が、植物や海藻《かいそう》など自然の恵みを生かし、熟成に三年三月《みつき》※という長い時間をかけると聞き、仕事のうえにも教えが生かされていることに気がついた。

※熟成に三年三月。これは製品をつくるのに試行錯誤を重ねて、経験的にその結論に達したのだという。親神様が人間創造に当たって、宿し込みから生まれ出しまで、やはり三年三月を費やしたと聞かせていただく。果たして偶然の一致だろうか。

＊

さて、この社長さんとの会話の中で、耳寄りなニュースを聞いた。隣の生口《いくち》島《じま》は平山郁夫《ひらやまいくお》画伯の生地だが、そこに「平山郁夫美術館」が誕生し、明日がその開館式だという。私は平山画伯の絵が好きだし、著書を読んで、その人柄にも敬服していた。千載一遇《せんざいいちぐう》の機会、社長さんのご尽力で、一般公開に先立つ開館式の日、見学する幸運に恵まれたのである。

なにか大和《やまと》の古寺を思わせる大屋根、清楚《せいそ》な庭園。明るく開放的な美術館は、足を踏み入れただけで心洗われる思いであった。シルクロードや大和路を描いた見事な作品が、大きな壁面で悠久《ゆうきゅう》の時を語りかけていた。

ロビーには小学時代の絵日記なども展示されていたが、すでにその絵には人を惹《ひ》きつけるものがあった。その画才を見込まれ、勧められて東京美術学校(現・東京芸術大学)へ入った。

「平山君は、自分は絵が下手《へた》だと言うが、誰《だれ》でも何度か下手になって底に沈むものです」と、ある先生に言われたという。

日本美術院展に初出品して、あえなく落選したときは、恩師の前田青邨《まえだせいそん》先生が言った。

「最初は落選したほうがいいんだよ。私も一度落選したことがあるんだ」

奥さんの美知子《みちこ》夫人は芸大時代、大変優秀な学生だったそうだが、結婚するに当たって、夫人の母上と前田先生に言われたそうである。

「一緒に同じ仕事をしていれば、将来、必ずどちらかが足を引っ張ることになりますよ」

美知子夫人はその助言を聞き入れ、文字通り内助に徹することにした。

平山画伯は『生かされて、生きる』という著書の中で、こう語っている。

「私の右手が絵筆を持って絵を描《か》くのだが、絵は私一人で描いているのではないと、つくづく思う」

その報恩の心が、世界文化財赤十字構想につながったのであろうか。莫大《ばくだい》な私財をそれに投じておられると聞く。

＊

わずか二泊三日のしまなみ海道の旅であったが、私はなんとも満たされた気持ちで帰途についた。帰りの車中で考えた。たしかに、あの酵素の社長さんと平山画伯は、共通した「心の酵素」を持っている、と。

ちなみに、お二人の共通点を五つ挙げてみる。

①謙虚であること。
②自然から頂き、自然に学ぶ姿勢。
③じっくり長い時間をかけて熟成させること。
④夫婦が心を揃《そろ》え、目的を持って協力し合い、周囲をも勇ませること。
⑤報恩の心が厚く、広い視野から世界の幸せを考えること。

家へ帰って、妻にそのことを話した。いわく、

「何かをなす人は、やはり天の理に即しているのね」。

あなたはどんなお母さん？

「夏休み蝉《せみ》よりうるさい母の声」

小学生の俳句だそうである。思わず笑ってしまった。身に覚えのあるお母さんもいるだろう。子どもにすれば「うるさいなあ」と思っても、口に出さないかも。そんなところから、親子の行き違いが始まることもある。

そこで、自分はどんなお母さんか、自己診断してはいかが？

まずは質問。

「あなたは、お子さんをどんな人間に育てたいですか。次のうち、ご自分の気持ちに一番近いものを一つだけ選んでください」

①能力を発揮して、社会に貢献する人間に育てたい。
②人生の途上、さまざまな困難に遭遇《そうぐう》しても、そこから力強く立ち上がれる人間であってほしい。
③あまり高望みはしないが、健康で、そこそこ生活できればいい。
私がお母さん方に質問した限りでは、圧倒的に多かったのが②であった。

人が人となるためには、迷ったり、つまずいたりする経験も大切だと考える。しかし現実には、そこから折れてしまう人もいる。逆境を積極的に受けとめ、それを肥《こ》やしとして成長する人、押し潰《つぶ》されてしまう人。何が明暗を分けるのだろうか。

そのことについて、子どもや親の姿から学んだことが三つある。

一つは、「聞き上手《じょうず》」であるかどうか。受け上手といってもいい。成ってくることを謙虚に見つめ、自分を素直に省みることができるか。

少年事件担当の刑事さんから聞いた話だが、子どもが警察に補導され、両親が呼ばれる。そのとき、夫婦で責任のなすり合いをして、けんかを始める例も少なくないそうだ。

「そうした家庭の子は、痛々しくなるくらい堕《お》ちていきますね」と、刑事さんは言う。

人間、わが身を省みることができなかったら、非を誰《だれ》かのせいにしたくなる。警戒すべきは高慢の心。素直に「ごめんなさい」と言えない。この心がのさばると、夫婦の折り合いも悪くなるし、子どもの心も頑《かたく》なになっていく。

第二は、「ほめ上手」かどうか。

ものを見るのに、まず美点に目がいく人と、欠点を探す人がいる。前者の場合は人を生かすが、後者はせっかくの美点さえも潰しかねない。

私はさまざまな少年たちの問題に立ち会って、彼らの暗い表情を見るにつけ、この子たちは一回でも、親から喜びの言葉をかけられたことがあるのだろうかと思ったこと、しばしばであった。成績はダメ、あれもこれもダメと嘆く前に、どんな小さなことでもいい、わが子の良さを見いだせるお母さんでありたい。

良さの発見は、その子を生かす。生かされれば心が勇み、心に力が湧《わ》いてくる。そうなれば、たいていのことは乗り越えていける。ただし「ほめ上手」と「お上手」とは違う。お世辞《せじ》は子どもにすぐ見抜かれてしまい、信頼されなくなる。ほめ上手になるには、まずお母さんに喜びの心があることが肝心だ。

そこで第三に、「喜び上手」であるかどうか。

私の知り合いに、天理教の教祖《おやさま》と苦楽を共にした方々の子孫に当たる人たちがいる。何かにつけて、「さすが」と思うことが少なくない。どの人も喜び上手なのだ。喜ばなければと力《りき》むのではない。プラス思考のほうが得だという打算でもない。喜びの考え方、受けとめ方が自然に身についているという感じなのである。それとて一朝一夕《いっちょういっせき》になったものではない。人の幸せを願って、何代にもわたって尽くしてこられた先人の徳の蓄積があればこそだろう。

しかし私たち凡人でも、たとえ時には腹を立てたり心を濁《にご》すことがあったとしても、人に喜んでいただくことを日々心にかけて通るなら、何ごとも喜びに受け取れるようになり、マイナスに見えることさえプラスに生かせるようになることを、多くの先人が身をもって証明してくださっている。「喜びには喜びの理が回る」とも教えていただく。

子に残すもの、徳にまさる宝はない。「知」や「財」も徳に支えられていなかったら、逆にそれが仇《あだ》になって身を滅ぼす。「喜び」という徳の種をいっぱい蒔《ま》いていきたいものだ。

「どんな辛《つら》い事や嫌《いや》な事でも、結構と思うてすれば、天に届く理、神様受け取り下さる理は、結構に変えて下さる。なれども、えらい仕事、しんどい仕事を何《な》んぼしても、ああ辛いなあ、ああ嫌やなあ、と、不足々々でしては、天に届く理は不足になるのやで」

（『稿本天理教教祖伝逸話篇』一四四「天に届く理」）

逸話に残る教祖のお言葉です。

蟹にアテられた夜

夜おそく、毛蟹《けがに》をたくさんもらって帰ってきた。早く食べてくださいと言われていたので、寝ていた子らを起こし、珍しいことに妻がビールを運んできて、思いがけぬ〝蟹の饗宴《きょうえん》〟となった。

そうした雰囲気に心がくつろいだのか、皆が退散したあと、「実は、あなたに言ったらいいものかどうか、迷っていたんだけど……」と、妻が遠慮がちに切りだした。

何ごとならんや、妻に恋人でもできたのか。身を乗り出して聞いてみると、それは、ある家庭のスキャンダルに類することだった。放っておけることではなかった。

「なぜ、もっと早く言わなかったんだ」

「だって、あなたは他人の悪口を言ったら怒るでしょう」

「それは悪口と違う。おたすけの問題ではないか」

「でも、教会の者は絶対に他人の秘密を守れと、いつも言ってるじゃないの」

それはそうだ。医者や弁護士に秘密を守る義務があるように、宗教家にも、それがある。危険なのは、うっかりしたおしゃべり。妻はそのことを厳しく言われているから、夫婦の間でも、お互い知らぬことがある。しかし女たるもの、それではストレスがたまるだろうなと、蟹のせいか、いつになくやさしい気持ちになった私は、よし、今夜は徹底的に聞いてやろうと思った。

ところが人間、初めは大事な話でも、ともすると他人の悪口になり、ひいては不足や愚痴《ぐち》に発展する。ふだん、めったに人のことを言わぬ妻だが、その夜はたぶん蟹にアテられたのだろう。やはり、その順序を踏んだ。心の廃棄物をいっぱい浴びせられて、聞いているこちらの心も濁《にご》ってきた。ほこりは感染する。ご神言にある「蔭《かげ》で言うたら重罪《じゅうざい》の罪」（おさしづ　明治23・11・22）とは、このことか。

だが待てよ。私だって、人にほこりを吹きかけていないだろうか。自分のいんねん通りの曇《くも》った眼鏡でものを見て、誤解し、決めつけているに違いない。「あばたもえくぼ」という言葉があるが、えくぼもあばたに見てしまう。それでいて、自分のことは見えない。早い話が、自分の顔は自分には見えない。それ身体《からだ》の後ろ半分も、一生涯この目で直《じ》かに見ることはできないのだ。心の世界はなおのこと。

「世界は鏡や。……いかなるもたんのうと」（同　明治22・2・4）

人間のいるところ、必ずほこりはついて回る。「里の仙人」の教えは、その中で心をつくれということ。だからこそ、教会は〝陽気ぐらしの道場〟なのだ。「何も心に掛けぬよう、心澄み切る教《おしえ》やで」（同　明治20・3・22）

夜、眠れないままに倉田百三《くらたひゃくぞう》の『出家《しゅっけ》とその弟子』を思い出し、書棚から取り出した。

その第五幕、第二場。遊女と恋仲になった唯円《ゆいえん》をこの寺から追放してほしい。さもなくば私が寺を去ると、弟子の永連《えいれん》が親鸞《しんらん》に迫る。

親鸞　な、永連。お前とこの寺を初めて興《おこ》したときの事を覚えているか。……あの時、私とお前と仏様の前に跪《ひざまず》いて五つの綱領を定めたね。その第一項は何だった。

永連　「私たちは悪《あ》しき人間である」でございました。

親鸞　その通りだ。そして第二は？

永連　「他人を裁《さば》かぬ」でございました。

驚いたことに、若いときに読んだこの本のこの個所に傍線が引かれ、私自身の字で次のような書き込みをしていたのである。なつかしい青春の日がよみがえった。

「自分を裁いた人を恨《うら》み、自分もまた相手を裁いていた。教祖《おやさま》に、そんなひながたがあったか。人を責める前に己《おのれ》を振り返ってみたか。その人のために祈ったことがあったか。その人に心から感謝したことがあったか」

翌朝、妻は心の澱《おり》をすべて吐《は》き出したせいか、まことに機嫌がいい。修行の足りない私は、その澱をかぶって、いまだに消化できずにいた。

ふと、テーブル上の朝刊の、遠藤周作《えんどうしゅうさく》の随筆が目にとまった。長崎で伝道していたコルベ神父についてふれたものである。神父はナチスに捕らえられ、あのアウシュビッツ収容所へ送られた。ここでは脱走者が出るたびに、見せしめとして何人かが殺される。「助けてくれ！」と泣き叫ぶ男に代わって、神父は自ら志願し、水一滴与えられぬ餓死《がし》室で誰《だれ》よりも長く生き延び、最後は毒殺されたという。

読んで戦慄《せんりつ》が走った。つまらぬことに心を濁した自分が恥ずかしかった。取り組むべき大きなものを見失っているから、小さなことに心がとらわれる。不足や愚痴が出るのは、おたすけが足りない証拠であった。

「濁りはどうもならん。仕切りて道の理治めて、どうでもという精神薄いから、人の心に流れ、人の心に流れて、この道立って行くか行かんか、よく聞き分け」

（おさしづ　明治34・5・25）

名人の妻

髪を洗って、ヘアクリームで整え、いい気分でお茶を飲んでいた。そこへ、部屋に入ってきた妻が、うさんくさそうに鼻を鳴らして私の頭に顔を近づけ、「嫌《いや》だ、あなた。私の歯磨きを頭に塗《ぬ》ったの?」。妻は洗面所から実物を持ってきた。容器が似ている。「そのうち頭に歯が生えてくるわよ」。妻はお腹《なか》を抱えて笑いだした。

夏目漱石《なつめそうせき》の『坊《ぼ》っちゃん』ではないが、私は生来の慌《あわ》て者である。歯磨きを頭に塗るくらい驚くに足りないが、しかし今度ばかりは、いささか不安になった。というのも先日、ある旅行計画を立てたのだが、実際には一時間も狂いが生じてしまい、すっかり自信をなくしていた矢先のことだったからだ。いままでは青森から天理まで一千キロを走っても、十五分と狂わなかったのに、計算に間違いはなかったが、最近とみに増えてきた交通量を勘定に入れなかったのである。

こっそり、ボケの本を取り出してみた。「年を取ると変化に対応できにくくなる」とある。やっぱり……。過去の経験にとらわれ、心の柔軟性を失うのだ。

その数日後、ある小宴に招かれた。知り合いのおじいさんに「お元気で何よりですね」と声をかけたら、「長生きなんかしたくない」と言う。それから延々二時間、息子夫婦についての愚痴《ぐち》を聞かされたのである。自分は若いころからどれだけ苦労してきたか。それなのに息子は恩知らずで、親をないがしろにする。嫁も嫁で、すぐ亭主の肩を持つ。ばあさんとワシは、毎日身を縮めて小さくなっている、と。

私は、その息子夫婦も知っている。気のいい働き者で、決して親不孝者でも恩知らずでもない。ただ、一本気で親の心を思いやる繊細《せんさい》さに欠けるかもしれないが、おばあさんだって、別に身を縮めてなどいない。

カマドを譲って、存在感が薄れた。時代が音を立てて変わっていくが、新しい状況に対応できない。取り残されるような不安と寂しさ。昔のモノサシで今を測り、一人悶々《もんもん》と喜べない。さわらぬ神にたたりなしと、家族は年寄りを敬遠する。そこで、ますます依怙地《えこじ》になる。心の柔軟性がないから、若い者と上手《じょうず》に棲《す》み分けできないのである。

これは教会にもいえることだ。ほんとうの信仰者は、たとえ教会長という立場を退いても、精神の世界が豊かだから、おたすけが楽しくて生き生きとしている。しかし長年、教会長としてつとめてきても、内面が貧しく、ただの管理者や権力者であった場合は、肩書を外《はず》した途端、自分の存在の意味を失い、陰湿な批評家になってしまう。見ること聞くこと不足の種になる。

そうしてみると、老年という〝人生の秋〟が、実りの季節になるか、枯れ葉散るたそがれのときとなるか、ひとえに春夏の時期をどう生きてきたかによるところが大きい。精神の土壌《どじょう》を耕すことを怠《おこた》っては、老年になって味気ない思いをすることになりかねない。

そしてまた、実りの秋を迎えるには、男も女も年を取ったら、もっと外へ目を向けたほうがいい。そこに今日の教会が持つ、一つの役割があるように思う。その人が生かされることが大切なのだ。

「こんな皺紙《しわがみ》でも、やんわり伸ばしたら、綺麗《きれい》になって、又《また》使えるのや。何一つ要《い》らんというものはない」（『稿本天理教教祖伝逸話篇』六四「やんわり伸ばしたら」）

ともあれ、世のおばあさんたちは、精神のしなやかさを失って生きるのに不器用なおじいさんと、どんな気持ちで連れ添っているのだろう。愛しているのか、諦《あきら》めているのか、よほど適応力があるのか。それとも、なにか生きる覚悟のようなものがあるのだろうか。

話は飛ぶが、将棋の大山康晴《おおやまやすはる》十五世名人が、二度にわたる肝臓がんの手術を受けて、三度目の入院をする車の中で、奥さんに「引退しようか」と問いかけたところ、昌子《まさこ》夫人は「自分で決めればいいじゃないですか」と答えたそうである。名人は言った。

「そうしたものではない。長い間お世話になった人に伺わねばならない。その結論に従いたい」

A級在位連続四十年、タイトル優勝百二十四回という大勝負師の妻には、田舎の頑固《がんこ》じいさんに対するのとは全く異質の、大変な神経の消耗《しょうもう》があったはずである。この期《ご》に及んで「自分で決めれば……」などと、なかなかの覚悟がなければ出ない言葉である。そしてまた「長い間お世話になった人の結論に従いたい」と、これまた見事な、と感嘆してしまう。ぎりぎりの厳しい世界で、いのちを削《けず》って生きてきた夫婦の姿をそこに見る。

それにしても、大山名人の生涯成績は一四三三勝七八一敗。この不世出の大名人にして、ざっと三回に一回は負けているのである。われわれ凡夫は、少々の失敗は気にすまい。

「迷惑をかけるな」でいいのか

「うまいッ」と、思わず唸《うな》った。北海道・十勝《とかち》平野産のとれたての粉を打ったザルそば。帯広《おびひろ》の有名なそば屋さんが、遠路はるばる持ってきてくださった。のみ込むたびにゴクリと喉《のど》が鳴る。

ちょうど病院に人を見舞う予定だったので、少し分けてもらうことにした。一刻も早くと、意気込んで病室に入る。

「Tさん、手打ちだよ。十勝の新そばだよ」

包みをほどいた途端、背後に視線を感じた。振り返ると、同室の患者さんたちの目が、そば一点に集中していたのである。「しまった！」と思ったが、もうおそい。

頂き物は必ず同室の皆さんと分かち合うというTさんは、ちょっと口にしただけで箸《はし》を置き、「何も味がない」と、つぶやいた。

Tさんにも、同室の人たちにも、打ってくれたそば屋さんにも、すまないことをした。善《よ》かれと思ってしたことが、とんだハタ迷惑になってしまった。

＊

話は変わるが、覚醒《かくせい》剤が青少年の間に広がっているという。そこで政府は、全国の小中高生に対して「薬物意識調査」を行った。その結果に驚く。

たとえば、高校三年生男子の場合、
・薬物の使用は悪いことだと思う　54・7％
・他人に迷惑をかけないので、使うかどうかは個人の自由　15・7％
（平成9年10月14日付『北海道新聞』）

覚醒剤が他人に迷惑をかけないという考えなど論外だが、ざっと六人に一人は、迷惑さえかけなければ覚醒剤を所持・使用しても、それは個人の自由だと考えているのである。

いわゆる「援助交際」という名の売春も、その類《たぐい》であろう。「誰《だれ》に迷惑かけるわけでなし」という少女たちの居直りに、大人は言葉に窮《きゅう》する。「屁《へ》理屈を言うな、悪いものは悪い！」という叱責《しっせき》も、若者には説得力を持たない。もっとも、この場合、相手の男性の側にこそ責めは大きいのだが。

＊

かつて私は、さまざまな学校を訪問する機会があった。そこでは「他人に迷惑をかけるな」という訓示を、しばしば耳にした。

ある県立高校の入学式でのこと。学校長が「事故を起こすな」とあまり強調するものだから、あとの懇談会で「先生、事故さえ起こさなければ、何をしてもいいのですか？」とイジワルな質問をしたら、校長先生、何のことか分からずキョトンとしていた。生徒の不祥事が絶えない昨今、気持ちはお察しするものの、高校の入学式の式辞が「事故を起こすな」ではわびしい。

といっても、世の親たちにも「人さまに迷惑をかける人間にだけは、なってくれるな」という願いがある。実のところ、私もその一人だ。しかし、どう生きればいいのかを曖昧《あいまい》にして、「迷惑をかけるな」ばかりを言われると、「迷惑さえかけなければ何をしてもいい」と開き直りたくなる。さらには「バレさえしなければ」と、すり替わる。

他人に迷惑をかけまい、という心がけは大事だが、大人でもそれを意識しすぎると、他人との付き合いはホドホドに、ということになり、その分、ほかからの迷惑は絶対に許せない、ということにもなる。世の中、ギスギスしてくる。いったい、他人に迷惑をかけないで生きることができるだろうか。私たちは、生まれたときから人さまの世話になっている。死ぬときも、いや死んでからも世話になる。善かれと思ってしたことも、迷惑につながることがある。親でさえ、どれだけ子に迷惑をかけているかしれないのだ。お互い迷惑をかけ、かけられ、たすけ、たすけられ、その中で生かされている。

「私は誰の世話にもなっていない。誰にも迷惑をかけていない」という傲慢《ごうまん》な顔つきほど、ハタ迷惑なものはない。

＊

明治十六、七年ごろの話だが、教祖《おやさま》のもとへ七、八歳の男の子が親に連れられてお参りに来た。教祖は、ひと房《ふさ》の葡萄《ぶどう》を手にされて、こうおっしゃったという。

「よう帰って来なはったなあ。これを上げましょう。世界は、この葡萄のようになあ、皆、丸い心で、つながり合《お》うて行くのやで」

（『稿本天理教教祖伝逸話篇』一三五「皆丸い心で」）

最近、「心の教育」が叫ばれているが、ゆめゆめ「迷惑をかけるな」方式でないことを祈る。人間みな、弱くて愚《おろ》かな面もあるが、そこはひとつ、「丸い心で、たすけ合っていきましょう」という方式でありたい。それを理解する力を、子どもたちは十分持っていると私は信ずる。生き方を教育しないで「禁止」ばかりを叩《たた》き込むのは、それこそ迷惑な話である。

〝お迎え〟が来たら

私どもの教会の信者さんで、今年百歳になるおばあさんがいる。正月、お宅へ伺ったとき、ベッドの上でニコニコして、「会長さん、また、おぢば帰りするよ」と言った。声に張りがあった。ふと、この人の心臓は、百年もの間、一刻一秒の休みもなく動き続けているのだなあと思うと、なんともいえぬ感動に包まれたのである。

そんなおばあさんにも死の恐怖がある。いつか教会へやって来て、「今日《きょう》は折り入ってお願いがあります」と言う。「わたしね、あまり長生きしなくてもいいから、最期《さいご》はコロッと逝《い》きたいの。それを、神様にお願いしてほしい」。

おばあさん、そのとき九十二歳だった。

ある大学病院の医師が、末期がんの男性患者に薬物を投与して死亡させ、殺人罪で起訴され、有罪判決が下った。病名は多発性骨髄腫《こつずいしゅ》。この病気は骨皮質が破壊され、身体《からだ》中を耐え難《がた》い痛みが襲うという。家族からの求めで延命治療はやめていたが、家族は「早く楽にしてあげて」と繰り返し懇願《こんがん》した。医師は看護師の制止を振りきって、「私の責任でやる」と薬物を投与し、患者は間もなく息を引き取った。

激痛にうめき、死を待つだけの病人を前にして、私が家族だったら、あるいは医師だったら、同じことをしなかったか。自信はない。

私の祖母は、いざというときに楽に逝けるというクスリを持っていた。医師である自分の息子からもらったという。叔父《おじ》に質《ただ》すと、

「なに、偽薬《ぎやく》だよ。年を取れば死ぬことよりも、それに伴う苦しみや、人の厄《やっ》介《かい》になることのほうが怖い。いつでも楽に逝けるクスリがあると思うだけで、本人は安心するからね」と。

祖母は九十四歳まで元気に生きて、静かに逝った。

だが、苦痛に耐えかねて「殺してくれ!」と叫びながら、死ぬに死ねない人もいる。人間、永久に死ねない存在だとしたら、まさに地獄であろう。

治療法もなく、死を待つだけの患者に対する安楽死、それには二種類あるという。

一つは、薬物を投与するなどして、積極的に命を縮めるもの。この方法は、殺人または自殺幇助《ほうじょ》の罪に問われるし、犯罪に悪用されることもあり得る。

もう一つは、延命措置《そち》をとらず、痛みや苦しみを除去する治療だけは最大限に行い、そのために多少死が早まっても、やむを得ないという消極的安楽死。日本医師会の生命倫理懇談会は、「患者の意思が明確であれば、医師が延命措置を中止しても違法ではない」という見解をとる。

だが、意思を明確にできない患者も少なくない。本人が病状を正確に理解しているとは限らないし、あまり質問すると先生の心証《しんしょう》を損《そこ》なうのではないかという遠慮も、患者の側にはある。アメリカの一部の病院では、そうした患者と医師の橋渡しをするための「患者の代理人」というスタッフを置いているそうだが、教会の私たちも、信者さんから相談を受けたり、代理人のような立場に立たされることがある。

そんなとき、過剰な延命治療は断りなさいと、喉《のど》まで出かかる。だが待てよ、と自問する。どんな病人にも、最後までベストを尽くすのがおたすけ人ではないか。生死は親神様の領域だ。私が口出しするのは僭越《せんえつ》ではないかと。

しかし、いまは少し考えが違う。医療は不治の病を克服し、苦痛を和《やわ》らげ、病気を予防することに目覚ましい成果を上げてきた。その功績には深い敬意を払うが、半面、本来かりものである身体をお返しすべきときに至っても、なお神の手に委《ゆだ》ねない不自然さが、今日の医療にはあるのではないか。脳死・臓器移植の問題は、それを象徴しているように私には思えてならない。

小林秀雄《こばやしひでお》の一節を思い出す。

「今日でも、死人は北枕に寝かすという風習はあるが、当時（平安《へいあん》時代）の人は、臨終の覚悟をするために北枕して寝たのです。顔を西の方に向け、阿弥陀《あみだ》様の像を安置して、阿弥陀様の左の手に五色の糸をかけ、その端を握って浄土の観を修したのである。意識不明の患者にカンフルを注射するのと比べると、よほど高級な風習です」（『私の人生観』）

私事になるが、私の母は三十代で未亡人になり、女手一つで教会を切り盛りし、子どもたちを育ててきた。晩年リウマチを患い、とうとう寝たきりになったが、ある日、子や孫を枕元《まくらもと》に呼んで、こう言った。

「私が死んでも、少しも悲しまなくていい。出直しも親神様の大事な働きなんだから。悲しむ代わりに、お礼を申し上げてほしい。『これまで生かしていただいて、ありがとうございました』と。また、多くの人のおかげで今日があるのだから、どなたにも心からお礼を述べておくれ」と。

延命治療すべてを否定するわけではないが、戦争や災害などによる死は論外として、出直しも親神様のご守護である。いつか来る別れはつらいが、生死はできるだけ自然でありたい。

第三章「こころの泉」

魔法の日記

正月は、ふだん行けない信者さん宅へ、できるだけ伺うことにしている。

一夜、ある県職員の家庭を訪問した。おつとめが始まると、茶の間で騒いでいた小学五年生の姉と二年生の弟が、両親の間に割り込んでチョコンと正座して一緒に拝む。終わって五分間講話。

「君たち、お行儀がいいねえ。ご褒美《ほうび》に会長さん、今日《きょう》は一つ、魔法を伝授しよう。この魔法を使えば、元気いっぱいで病気をしない。友達がたくさんできる。成績だって上がるかも……」

「どんな魔法？」

と、食いついてきたのは弟のほうである。長女は、そんなウマイ話があるものかと、早くも警戒の面持《おもも》ち。

「エヘン。できるかな？　まず毎晩、寝る前に、その日の嬉《うれ》しかったことを三つ思い出す。たとえば、お姉ちゃんと遊んで楽しかったとか、おやつを食べておいしかったとか」

「嬉しいこと、三つもないかもしれないよ」

「うーん、それなら仕方がない。まあ、一つでも二つでもいいよ。でもね、君たち、毎日オシッコをするだろう。会長さんね、病気でオシッコが出なくなった人を知っている。それはそれは、ひどい苦しみようだった。とうとうその人、気の毒にも死んでしまったよ。そうしてみると、オシッコが出ることだって、とっても嬉しいではないか」

「思い出すだけでいいの？」

「うん、それでもいいけど、できればノートを一冊用意して、日記に書いたらどうだろう。

ナン月ナン日
・友達と野球をして楽しかった。
・夕ごはんが、とってもおいしかった。
・オシッコが出た。
それだけでいい。魔法の日記です」

「書いたら、どうなるの？」

「一日三つずつ。一年間でいくつになる？」

「千九十五！」

長女がすかさず答えた。

「ピンポーン。一年経《た》ったら、嬉しいが千以上もたまるんだ。そうしたら、嬉しいが別の仲間を呼んで、さまざまな嬉しいことが、いっぱい集まってくるよ」

「……」

「会長さんがせっかく言ってくださるんだから、やってみたら？」

と、お母さん。

「いえ、お母さん、あなたもするんです。子どもたちが交通事故にも遭《あ》わずに帰ってきてありがたかったとか、お父さんがチューしてくれて嬉しかったとか」

「ハハハ、そんなの書いたらキリがないです」

「そうです。キリがないほど私たちは、嬉しいことにいっぱい囲まれているんですね」

＊

さて、この家庭ではその後、また赤ちゃんが生まれて、ただいま高校生の長女を筆頭に四人の子どもたち。それを率いる一家の主《あるじ》は、根が陰日向《ひなた》のない人柄を見込まれてか、職場での信用は厚い。

順風満帆《じゅんぷうまんぱん》といいたいところだが、実はそうではなかった。家族ではないが、身近な人に大変悲しい出来事があって、キリキリ舞いの日が続いた。

「あのご夫婦、よく心を倒さなかったわね」

事情が一段落したとき、私の妻がそう言った。

「うん、感心するね。夫婦とも、ふだんから愚痴《ぐち》を言わないからね。素直だし、喜び上手《じょうず》だよ。いざというとき、それが生きてくるんだね」

「それに、夫婦仲もいいしね」

「そりゃあ人間だから、たまにはケンカもするだろうけど、主人は職場の人間関係も良さそうだから、そこでストレスを発散できるのかも。お酒もいけるクチだし」

「じゃ、奥さんは何で発散するのかしら」

しまった。雲行きが怪《あや》しい。急いで言葉をつくろった。

「まあ、ともかく子どもたちの目があるからね。めったなことはできない。親は子どもを育てると思っているが、半面、子どもによって育てられるんだよ」

「うちは子どもの数はもっと多いけど……。あなたも魔法の日記、自分で書いてみたら?」

言葉のひながた

天理市民会館で講演する機会を頂き、私はそこで一つの提案をした。

「皆さん、一冊のノートを用意しませんか。それに教祖《おやさま》のお言葉を書き写すのです。たとえば『稿本天理教教祖伝逸話篇』には二百の逸話が集められていますが、毎日一編ずつ拝読し、その中の教祖のお言葉だけを書き写したらどうでしょう。字の上手《じょうず》下手《へた》は別として、一字一字ていねいに、心を込めて」

やれば誰《だれ》でもできる。時間にして十分もかかるまい。だが、実行する人は果たしているだろうか……。そう思いながらも呼びかけた。

ところが、嬉《うれ》しい手紙を頂いたのである。小坂一雄《こさかかずお》さんという東京在住の見知らぬ方からだった。

「四月二十八日、あのお話を聞いて、早速、二十九日より実行し、本日、十一月十四日に無事終了いたしました。とくに本日、逸話篇最後の『大切にするのやで。大事にするのやで』というお言葉には、書きながら嬉し涙が出てきました」と、手紙にあった。

この逸話は、兵庫県の姫路《ひめじ》からお参りに来た紺谷久平《こんたにきゅうへい》さんが、教祖から赤衣《あかき》を賜《たまわ》るお話である。

毎日書き続けて二百日、小坂さんは、教祖からどんなご褒美《ほうび》を頂いたのだろう。以下、手紙をたどってみる。


二百日は、とても長いような短いような期間でした。出張などで家を空けるときには後日まとめてやるというルールをつくって、けっして先取り片づけはしないことを守りました。

ここで、大切なことに気づきました。言葉は心だということです。人間が人間に心を伝えるのが言葉だということです。教育と称して、叱《しか》る、とがめる、怒る、叫ぶという鋭利な凶器となる言葉は慎《つつし》むべきだと悟りました。

そして、二百編の逸話を少しずつじっくりと読むことによって、一つ一つの言葉が、これまで思いもしなかった重みと深みをもって響いてくることに気づきました。

さらに大切なことは、教祖は必要な時期に、必要な場所で、必要な人に出会わせてくださるという事実でした。

＊

教祖がいくら大切な教えを発信されても、それを受けるこちらのアンテナが錆《さ》びついてはどうにもならない。心の受信機の感度を高めるには、心を澄ますこと、謙虚さ、素直さが第一である。

それは分かっているのだが、人間、自分の心からして思うようにならない。

そこで、わが心を育てるには、なにか一つでも教祖に喜んでいただける継続的な実践が大切であると、私は小坂さんから逆に教えられたのである。

とくに、毎日使う言葉。

「教育と称して、鋭利な凶器となる言葉は慎むべきだと悟りました」という小坂さんの一文は耳に痛かった。

いつか私は、「教祖伝逸話篇に拝する話し方」というテーマで、教祖のものおっしゃり方をまとめてみたことがある。ここに、その一端を順不同で並べてみよう。

①いつでも、分かりやすく具体的な表現
②人を傷つけるような言葉は使われない（「恥かかすようなものや」と）。
③共感と思いやり
④誰にでも分け隔てをしない、ていねいな言葉
⑤お礼の言葉
⑥勇ませる言葉、喜びの表現

⑦ある種のユーモア
⑧相手の身になっての言葉
⑨誉《ほ》め言葉
⑩しかし、こと神一条に関することは、凛《りん》として、きっぱりと。

こうしてみると、ものの言い方一つにも、ひながたがあることに気づく。

ちなみに、元NHKアナウンサーの鈴木健二《すずきけんじ》氏は、「わたし、わし、おれ、などではなく、ワタクシという言葉の下には悪い言葉はきません」という。折り目正しい言葉づかいは、自分の心をつくってくれる。

鼻毛の逆襲

春だというのに風邪《かぜ》をひいた。

「疲れがたまったのよ」と、妻は慰《なぐさ》めてくれたが、なに、実は鼻毛を抜きすぎたのである。それ用のハサミもあるのに、「エイ、面倒！」とばかりに三本ほど抜いた途端、冷たい空気がツーンと頭の芯《しん》まで入り込んで、あとはクシャミ、鼻水、咳《せき》に悪寒《おかん》。とうとう三日ばかり寝込んでしまった。

この巧妙精緻《せいち》な人体で、たかが鼻毛三本と思ったたが、巧妙精緻な人体だからこそ鼻毛にも立派な存在理由があったのだ。「思い知ったか」と勝ち誇る鼻毛の哄笑《こうしょう》が聞こえた。

寝ていて読書もかなわず、ついテレビを見る。折しも新潟県で女性監禁事件が発覚し、大騒ぎだった。そのさなか、県警本部長が出張にかこつけて、ある温泉宿でマージャンにうつつを抜かしていたのがこれまた発覚し、騒ぎはさらに大きくなった。

この高級官僚氏、記者会見で進退を問われ、「全く考えていない」と答えた。被害者の痛みなど、鼻毛ほども感じていないふうである。「こんな態度では早晩やめざるを得まい」。そう思っていたら案の定、一つのほころびが新たなほころびを呼んで懲戒《ちょうかい》免職。とうとう退職金まで取り上げられてしまった。それでもまだ処分は軽いと、世間は騒ぐ。

神戸大学の元精神科教授だった黒丸正四郎《くろまるしょうしろう》氏に『患者の心理』という著書がある。その一節。

「医者なんかにもおりますが、全くと言っていいほど悩みや不安のない人がいる。自分がやったことはすべて絶対で、たとえば自分の患者が治らなかったら、患者のほうが悪いと。つまり不安がないんですね。ということは、責任感というものが希薄なんです」

一緒にテレビを見ていた妻が言った。

「ほんとうに『我《われ》さえ良くば今さえ良くば』という感じね。エライ人ってみな、こうなのかしら」

「そんなことはない。立派な人もいると思うよ。ただ、このテのタイプは、挫《ざ》折《せつ》体験を知らないエリートに多いそうだ」

「挫折体験ねえ。『節から芽が出る』と教祖《おやさま》はおっしゃったけれども、そうしてみれば、受験に失敗したり病気をしたりというのも、とっても大事なことなのね。このエライさんたち、勉強々々、出世々々で、心が育っていなかったのかな」

「そう決めつけては失礼だろう。もともとはそうでなくても、そこが人間の弱さ。人の上に立てば、つい傲慢《ごうまん》になるのかもしれない」

「かわいそうね。おたすけに行こうかしら」

「おおッ、いいこと言うね」

「他人の悪口を言うのは簡単だけれど、みんな似たような虫がお腹《なか》に棲《す》んでいるかも……。あなたも気をつけたほうがいいわよ。教会の会長さんも危ない」

「ボクは大丈夫だよ」

「それ、そこが危ないのよ。自分が見えない」

鼻毛ならぬ、妻の逆襲が始まった。

*

人間、自分の顔が見えないように、わが心の姿は見えない。

教祖は「世界の人が皆、真っ直《す》ぐやと思うている事でも、天の定規《じょうぎ》にあてたら、皆、狂いがありますのやで」（『稿本天理教教祖伝逸話篇』三一「天の定規」）とおっしゃった。

それなら、天の定規とは何だろう。

教祖は、そのために「八つのほこり」という自己点検のポイントを教えてくださった。

また、「世界は鏡」と、成ってくる姿を見て思案することの大切さをおっしゃっている。顔を見るためには鏡が必要であるように、己の心の姿を見るにも鏡がいるのだ。

しかしそれとて、自分に都合良く解釈しがちだ。鏡のほうがゆがんでいると思ってしまう。どうも、人間というものは始末に負えない。

そこで私は、こう考える。

どうせ人間は、天の定規にあてたら大きく隔たっている存在だが、「毎日心勇んで通っているか、不足の言葉より喜びの言葉のほうが多いかどうか」をチェックポイントにしたい。

そうすれば、たとえ一歩前進、二歩後退の日があっても、少しずつ少しずつ天の定規に近づいていくであろう、と。

さて、皆さんはどんな自己点検の方法をお持ちだろうか。

ずぼら遺伝子

孫娘が小学校に入る。ひとつ、私の仕事部屋にお勉強コーナーをつくってやろう。そう思って、あらためて周囲を見回し、その乱雑さにわれながら呆《あき》れてしまった。

「あまりキチンとしていたら、おまえが困るだろう」と妻に言ったら、「少し困ってみたいわ」と切り返された。

ある婦人教会長から聞いた話だが、戦前の樺太《からふと》（サハリン）でのこと。彼女のお母さんが家の周りを片づけていたら、一人の男が通りかかり、その仕事ぶりをじっと見ていたそうである。気配を感じて振り向くと、男は言った。

「奥さん、お宅は子どもが育ちませんな」

「何をおっしゃる。ウチには子どもが十人もいてね、みな元気ですよ。そういうあなたは誰《だれ》ですか。なんですって！　天理教の布教師？　縁起でもない、とっとと帰ってください」

それから月日が経《た》ち、青年期を迎えた子どもたちが次々と結核を患い、死んでいった。母は、いつかの布教師の言葉を思い出し、やがて熱心な信仰者になる。

この話、私にも思い当たるフシがあった。

「お母さん、潔癖《けっぺき》な人だったでしょう」と問うと、その婦人教会長さん、「そりゃあもう、私たちが学校から帰ってきても、おかえりなさいも言わず、いきなり『手を洗え、足を洗え』と、それがあいさつなんですから」。

私の父も、その類《たぐい》だった。潔癖、几帳面《きちょうめん》を絵に描《か》いたような性格で、小学校の学業成績は全学年全科目オール「甲《こう》」。その遺伝子を受け継いでか、私もいい加減なことが大嫌い。父と異なるのは学業優秀ではなく、人をあげつらうのを得意とするところか。

「おまえ、その性格を直さなかったら、お父さんの二の舞いになるよ」。母はそう忠告した。父は肺結核で若くして出直した。母の予言はズバリ的中し、私も学校を出て、これからというときに結核と診断された。

失意の日々だった。しかし、その間に突然変異が起こった。私の中の几帳面な遺伝子が〝ずぼら遺伝子〟に変わったのである。いままで人のことをとやかく批判ばかりしてきたが、自分のほうがよっぽどイヤラシイではないか。うっかりすると感染させるかもしれない菌を抱えて、他人のことを言えた義理か。そう思うと、誰にともなく頭を下げたくなった。人のことが気にならなくなった。たいていのことはどうでもよくなり、その分ズボラになった。わが家の息子や娘はみな、後天性のずぼら遺伝子を受け継いでいるらしい。おかげで物の片づけは下手《へた》だが、病気ひとつしない。

潔癖や几帳面が結核と関係があるのか、その医学的見地を私は知らない。しかし除菌・抗菌ばやりの今日、アレルギー疾患《しっかん》が増えているのは、なにか暗示的である。

ともあれ、潔癖、几帳面というのは、子どもにとってまことに息苦しい環境ではある。「だから、お勉強コーナーも、ズボラ流で……」と言ったら、妻が声を出して笑った。

「何もかも遺伝子のせいにして。あなたの場合は遺伝子以前の問題よ。ただのモノグサ、これこそが正真正銘の生活習慣病ね。さあ、せめて自分の物だけでも片づけてください」

私たち夫婦の私室は八畳と六畳の二間である。いつの日か、この部屋をすっきり整理整頓《せいとん》して、二人でゆっくりお茶でも……。そんな情景を夢に描いていたが、どっこい現実は甘くなかった。

わが家の内孫は、小学六年生を筆頭に、ただいま八人。私たち夫婦の部屋は、彼らのすさまじいエネルギーに侵略されて、オモチャ箱をひっくり返したような、などという生やさしいものではない。この調子で育ったら将来どうなることかと心配になり、時に「こらァ、片づけなさい!」と怒鳴《どな》る。妻はニヤニヤ笑っている。

「いいでしょう、こんなに元気いっぱい遊んでいるんだもの。ハナを垂《た》れて、おヘソを出しても風邪《かぜ》ひとつひかない。ありがたいことじゃない」

「それはそうだが、教会だから、ほかに場所があるから、こんなに乱雑にしても許されるのだろうが、もし、これが狭い住宅だったらどうする?」

「それならそうで、子どもって大人が思う以上に適応力があるものよ」

「しかし、アパート住まいで、こんなにうるさいチビどもがいたら、隣近所にいい迷惑だぞ。少し躾《しつけ》も考えなければ……」

「そのへんは子どもたち、だんだん時と所をわきまえるようになるわよ」

「習い性になる、という言葉もあるぞ」

「あら、ズボラ流で行こうと言ったのは、どこのどなたでした?」

美柚ちゃんの絵本

美柚《みゆ》ちゃんは小学四年生である。二年生のときに新しい家ができて、いまの学校に転校してきた。嬉《うれ》しかったが、ただ一つ、担任の小宮山能正《こみやまよしまさ》先生と別れるのがつらかった。美柚ちゃんは先生との思い出を物語にし、丹念に絵を描《か》いて、その手づくりの絵本を先生に贈った。話の筋は、こうである。

遠い昔、雲の上で神様が人間をつくった。いろいろな部品を集めて人間の形をつくったあと、胸のなかに「こころのたね」を植えた。

「たねに水や光や肥料をいっぱいあげて、ステキな花を咲かせるんじゃよ」

と、神様は言った。

しまいに良い部品だけが残ったので、神様はその全部を使って「さいごの人間」をつくった。スポーツや音楽の才能などのほか、動物たちの心が分かる魔法の力も与え、小宮山能正と名づけた。

ある日、「先生！ 事件、事件」と、オオルリが飛んできた。

「あっちの森の動物たちが、とっても困っているの」

先生は、オオルリと一緒に動物たちをたすける旅に出る。池が汚れてしまって、魚たちが苦しがっていた。先生が葉っぱをちぎって池に沈めると、水は見る見る青く透《す》き通った。そのようにして傷ついた木をも癒《い》やし、寒さと飢《う》えに震えていた子ウサギもたすけ、また行くと、遠くにポーッと光るものが見える。近づくと妖精だった。

「かわいそうに、雪に埋まって死にそうだ」。先生は、そっと抱き上げ、温かい息を吹きかけた。

その瞬間、妖精はキラキラと輝き、木々は生気を取り戻し、季節は春に変わった。神様が空からゆっくり降りてきて、先生に言った。

「きみは、さまざまな自然や動物たちをたすけてきた。賞をあげよう」

森には、たすけられた動物たちが集まってきて、一斉に祝った。

＊

この物語、小学二年生の美柚ちゃんは、どんな気持ちで書いたのだろう。自然保護の話のようにも思える。しかし、この動物たちをクラスの生徒に置き換えてみたらどうだろう。物に恵まれ、教育熱心な両親の庇護《ひご》のもとで、一見ぬくぬくと育っているような子どもたちの内奥に、美柚ちゃんは直感的に瀕死《ひんし》の動物の存在を感じ取っていたのではないか。小宮山先生は、そうした生徒たちの心がよく分かっていた。

さて美柚ちゃんは、転校先でも友達がたくさんできた。ある日、学校の帰り道、仲良しの子に「走ろう」と言ったら、「わたし、心臓に穴があいているから走れないの」。

美柚ちゃんはびっくりした。ふだん元気に遊んでいる友達が、そんな病気を持っていたとは……。その夜、お母さんと一緒にお風呂に入って、美柚ちゃんは言ったそうである。

「お母さん、私を健康な身体《からだ》に産んでくれて、ありがとう」

お母さんは、そんな美柚ちゃんの気持ちが嬉しかった。ありがたかった。だが、不安もあった。

「いつか、この子、自分の感性を持てあます日がくるかも」

＊

それから数年、美柚ちゃんは中学生になった。身長もぐんと伸びて、背の高いお母さんを追い越してしまった。ところがこの春、美柚ちゃん親子が浮かぬ顔で教会にやって来たのである。

学校大好き、勉強大好き、クラスメートとも折り合いの良い美柚ちゃんだが、最近、朝になると胸が苦しく、起きることができないという。もちろん学校へも行けない。診断の結果、青年期にみられる成長のアンバランスからくる症状だった。

「うーん、親神様の働きってすごいね、美柚ちゃん」と、私は言った。

「あなたは五体健全、学力優秀。感性も豊かだし、人と仲良くするやさしさや思いやりや、ユーモアもある。それに素晴らしい両親がそろっているし、非の打ちどころがないね」

「……」

「しかし、そこが問題でもある。あえて言えば、たくましさかな。これから大人になって力強く生きていくためには、若いうちに何かのつまずきを経験することも大事なんだ。苦しいけれども、それに耐え、それを乗り越えていく。親神様が、その機会をつくってくださった。きっと、これから通る人生に、強さとともに、あの小宮山先生のように動物の気持ちさえも分かる、深くて広い豊かな心の世界を与えていただけると思うよ」

そして私は、美柚ちゃんに花壇づくりを勧めた。心が不安定になっているときは、大地と取り組むに限る。ところが賢明な両親は、とっくに家庭菜園を借りて実行していたのだった。

秋の初め、美柚ちゃんが畑で採れたジャガイモを持ってきてくれた。茹《ゆ》でたらホクホクしておいしかった。なぜか、少年のころを思い出した。早速、感想をファクスで送ったら、すぐに返事が来た。「今度は枝豆を持って行きます」と。楽しみにしている。

ばあさんの力

ある教会の月次祭に参拝して、久しぶりにAさんに会った。いつになく元気がない。聞けば、実の母上が亡くなったのだという。

幼いころ、彼の母は離縁され、父は別の女性を家に入れた。追い出された母は、近くの温泉街で湯治客《とうじ》に野菜などを売って暮らした。学校の帰り、路上で商う母を見かける。「母さん」と声をかけたいが、じっと耐えた。母もまた、わが子を見て見ぬふりをした。

家は暗かった。よその家の夕餉《ゆうげ》の明かりがうらやましかった。成長期、さまざまな葛藤《かっとう》が心に渦《うず》巻き、せっかく入った高校もすぐ辞《や》めてしまった。

「晩年、母は私の姉と一緒に暮らしていて、大事にされてはいました。この数年というもの、入退院を繰り返して、もういいかげん年だし、逝《い》くのも自然なことだと思ってはいたのですが……。しかし、いざ死なれてみると、自分がどれほど母に支えられていたか、思い知らされましたね」

高校を中退してグレもしないで働いてきたこと、四人のわが子を塾へもやらずに付きっきりで勉強させ、〝教育パパ〟と冷やかされながらも、みな一流校へ進学させたこと、これすべて別れて住む母を喜ばせたい一念からだったと、Aさんは語った。

「不遇な環境を肥やしにして伸びる人もいれば、それに負けてしまう人もいますね。身近なところで、あなたを支えていたのは誰《だれ》ですか?」

「それは、祖母でしょうね」。しばらく考えて、Aさんはそう言った。

「私は〝ばあさん子〟で、小学六年生まで祖母と一緒に寝ていました。毎晩のように祖母は言うのです。おまえはおまえの道を行け。何をしてもいいから、人を喜ばすことをするのだよ、と」

やがて、その祖母が亡くなり、父も世を去った。残ったのはＡさん夫婦と子どもたち、それに母の代わりに家に入った義母である。かつて、実の母を追い出した憎き女のはずだが、いまは食事から排泄《はいせつ》まで、すべて人の世話にならねばならない義母を、夫婦は親身に面倒をみている。老人ホームに入れることなど毛頭《もうとう》考えていない。このばあさんがいるから、ウチの家庭は治まっているのだという。

「生みの母、祖母、義母、この〝三ばばあ〟のおかげで今日があるんです。ばばあの力は侮《あなど》れない」。Ａさんは、そう言って笑った。

＊

「ときどき教会の人たちが羨《うらや》ましくなりますよ」と、Ａさんは言った。

「どうして？　あなたは町でも有数の優良企業の重役さんとして、商売も上手《じょうず》だし、収入もあるし、これ以上何を望むの？」

「その言葉を裏返しすれば、いつも競争に追い立てられているということです。どれだけ儲《もう》かるか、それが唯一のモノサシ。だから、それに合致しない従業員はリストラされてしまう」

「……」

「その点、教会は全く損得なしの世界。じいさんでも、ばあさんでも、子どもたちでも、みんな尊重され、その人の個性が生かされる」

「企業でも、さまざまな社会貢献が考えられるのではないの？」

「そんな格好のいいものではありませんよ。現実は、いかにヤリクリするか、毎日それに追われていますよ。まあ、トップの考え方にもよりますがね」

「それなら、あなたも思いきって道専務になったら？　人を喜ばせることをしなさいと言った祖母《ばあさん》の言葉を生かして。奥さんは気のいい働き者だし、子どもたちは優秀だし、後顧《こうこ》の憂《うれ》いがない」

「いや、本気でそう考えることもあるんですがね。まだエネルギーが残っているうちにと……」

＊

こんなことを書いたのも、「人を殺す経験をしてみたかった」と、見ず知らずの家に入り込んで主婦を殺害した高校生のことが念頭にあったからである。あのショッキングな言葉とともに、「若い人は将来があるから、年寄りを殺《や》った」という言いぐさが気にかかった。

さて、人はみな異なるから、Ａさんとその高校生を安易に比較することはできないが、高校生の家庭は、祖父も両親も学校の先生だった。高校生が生後間もないころ、両親が離婚し、以後、母親は二度とわが子に会いに来なかったという。父親は仕事が忙しいの一点張りで、高校生の世話はほとんど祖父母がしていたらしい。これは、ある月刊誌で読んだ情報。

家庭環境が不遇だったという点では、Ａさんと似てなくもない。しかし、この両親の違いは、いったい何だろう。

家なき子

大阪・難波《なんば》の地下街は、いやに蒸し暑かった。地上は土砂《どしゃ》降りである。地下の通路には少しでも冷気を求めてか、ホームレスとおぼしき人たちが床にへばりつくように寝転がっている。その姿を横目に、電車の乗り場へと急いだ。

近鉄《きんてつ》特急。車内はガラ空《あ》き、冷房もほどよく効いている。名古屋までノンストップで二時間。今日《きょう》は別に用事もない。ホテルも予約してある。やれやれとホッとひと息ついて、読みかけの本を開いた。弁当を売りに来たが、なに、夕食は名古屋でゆっくりとることにしよう。

と、急に電車が止まった。三重県津《つ》の駅である。「名古屋方面で集中豪雨のため、しばらく停車します」とのアナウンス。ところが、しばらくが六時間になり、七時間になった。これは非常事態かと思い始めたころ、電車はノロノロと動きだしたが、とうとう四日市《よっかいち》の駅で運行停止となってしまった。「それならそうと最初から……」とボヤいてみたものの、何より先にホテルを探さねば。時計はすでに夜の十時を回っていた。両手に重い荷物を持って改札を出ると、公衆電話は長蛇の列。タクシー乗り場にも長い長い行列。

スコールのような雨にかすんでホテルのネオンが見えた。しめた! 身体《からだ》の芯《しん》まで冷たくなってたどり着いたホテルでは、「今夜はどこも満室です」と気の毒顔。すごすごと、また駅へ向かう。荷物の紙袋が濡《ぬ》れて、破れる寸前。もう、どうにでもなれ。信号を待っていたら、「大変ですね、どうぞ」と、後ろから傘《かさ》をさしかけてくれた人がいる。見れば中年のご婦人。そのせいで、ご自身の半身が濡れているのに、親切な人もいるものだ。「よろしかったら、ウチへお泊まりください」などとムシのいいことを想像したが、もちろん、そうはならない。駅でていねいにお礼を申し上げ、再びコンコースへ。すでに諦《あきら》めて、硬いフロアに新聞紙を敷いて横になっている人たちも少なくなかった。

「ああ、ボクも、とうとう〝家なき子〟か」と観念していたら、アナウンスがあり、反対方向の普通電車が出るという。あわてて飛び乗った。かくして三重県の小さな町にようやく一夜の宿を見つけたのだが、同じ電車で、やはりホテル探しらしい人が数人降りたので、「それっ、先を越されるな」とばかりにタクシーに乗り込み、幸運にも最後の一室を確保したのであった。

風呂から上がり、やっと人心地《ひとごこち》がついて、「さっきの行動は、ふだん人に言っていることとだいぶ違うな」と、独り苦笑いをしてしまった。

＊

寝つかれぬままに、難波の地下道で地べたに寝ていた人たちが目に浮かぶ。あの人たち、ほんとうに行き場がないのだろうか。家があっても帰るに帰れず、あるいは帰りたくないのだろうか。

息子の同級生にM君という少年がいた。中学三年生のとき家出をして、晩秋の氷雨《ひさめ》しのつく深夜、学校の非常階段の下で震えているのを発見された。そうまでして帰りたくない家とは何だろう。

人は、幼いころ母にかわいがられた記憶や、子ども同士で存分に遊んだ楽しい日々を追憶して心が癒《い》やされることがある。つつましく懸命に働いていた父母の姿や、ひたむきだった若い日の自分を思い出して、元気を回復することもある。心のふるさとへ帰るのである。M君のその後の消息は知らないが、彼はどんな心のふるさとを持っていたのだろうか。

いや、子どもだけではない。思い出しても心が痛むのだが、ある中年婦人のおたすけの途上、とうとう自殺されてしまった経験がある。強度のうつ病で、医師から、整った施設への入院を強く促されていたことをあとで知ったのだが、彼女はいつも「行くところがない」と言っていた。実家はある。両親も健在。しかし、信じられないような不仲の親の元に帰ることは、彼女にはできないのだ。「教会にいなさい」と言っても、それもダメ。おそらく、どこへ行っても長く続かなかったろう。

もう一人、中年の、これは一人暮らしの男性。泥酔し、タバコの火の不始末から自宅を焼き、自身も焼死してしまった。兄弟たちはみな、きちんと社会生活を営んでいる。しかし彼だけが、兄弟に受け入れられない。その原因は彼自身がつくったのだが、子どものころから特別かわいがってくれた母親が死んでから、とりわけ乱れた。

これらの人たちに限らず、私の狭い経験ではあるが、心のふるさとを持たない〝家なき子〟たち、とくに帰るべき親元を失った人たちは、ややもすると精神的に非常に不安定になるように思えてならない。

＊

さて、三重県の小さな町に緊急避難した私は、翌日、予定を変更して天理へ向かった。ふだんはほとんど気にも留めない「ようこそお帰り」の看板に、ひときわ目を惹《ひ》かれた。人類のふるさと天理、誰《だれ》もが帰ることのできる、文字通りの〝親里〟をつくり上げなければと思った。

そして、家庭が音を立てて崩《くず》れ始めている今日、全国各地の教会も、誰もが心安らげる、ほんとうに居心地のいい場所でありたい。

真夜中のチゴイネルワイゼン

どこからか流麗《りゅうれい》なバイオリンのメロディーが聞こえてきて目が覚めた。テレビの深夜放送から流れるチゴイネルワイゼンだった。昨夜、ニュースを見ながら眠ってしまったらしい。夢うつつに聴くこの曲に、遠い少年の日が思い出された。

戦後間もない田舎の中学校には、古ぼけたピアノが一台あるきりだった。音楽の先生は、教室に手回しの蓄音機を持ち込んで、この曲を聴かせてくれた。擦《す》りきれたようなSP盤だったが、以来、クラシックの虜《とりこ》になった。

高校生になって、バッハやモーツアルトに取り憑《つ》かれた。

折しも私は、進路の決定を迫られていた。素直に教会生活に従事すれば、教会長である母は安心するだろう。周囲も喜ぶだろう。しかし神はあるのか、ないのか。それが問題だった。本を読んでも、人と議論しても分かろうはずはなく、煩悶《はんもん》が続いた。

そんなとき、バッハやモーツアルトを聴いたのである。それらのＬＰを集めていた友人がいて、毎晩のように通った。レコード鑑賞室は馬小屋の二階だった。階下では馬が嘶《いなな》き、階上では神の栄光を信じて疑わぬ荘厳な調べが響いた。あの曲想はいったいどこからくるのか。バッハやモーツアルトは、少年の私に、曲がりなりにも精神的な世界を覗《のぞ》かせてくれた。

＊

ところで、ここ半月ばかりの間に、私の周辺に痛ましい交通事故が二件も起きた。

その一人、Ｈ君は二十五歳の独身青年である。彼の仕事は朝が早い。気のいい男で、人の三倍は働いてくれたと上司はほめていたが、朝の早い分、仕事が終わってからの時間が長い。遠い異郷で働いて、わびしい部屋へ戻ったとき、楽しみといえば車しかなかったのだろうか。赤いスポーツカーで激突し、あたら若い命を散らしてしまった。

たとえ少しでも、自分一人の内面の世界を持っていたらと、それを引き出せなかった教会長の私は心が痛い。

重い気持ちを引きずっておぢばへ帰ったら、息子夫婦がやって来て、オメデタの兆候ありという。「たいへんお待たせしました」と、嫁さんは笑って言った。そうか、よし、今夜はお祝いだと、中ジョッキ二杯も飲んだら、すっかりいい気分になって、テレビを消さずに寝込んでしまったのである。おかげでチゴイネルワイゼンを聴けたのだが……。

若くして事故死したＨ君のショックと、孫の新たないのちの誕生。

「なにか人間の計らいを超えたものに襟《えり》を正したくなるね」と私。

「うん。たしかにそうだけれども、事前に教えてもらえることもあると思うよ。ほら、いつか叔父《おじ》さんが長距離のトラックを運転していてウトウトしたとき、『おまえ、何をしている!』と、亡くなったおばあちゃんの声が聞こえたそうだけど……」と、息子が言った。

「そういう人って、霊感が強いのでしょうか」と嫁さん。

「うーん、霊感も否定はできないだろうけど、やはり最初は小さいことで教えてもらっているんだね。そこを『ナニ、これくらいのこと』と軽視せず、いつも教祖《おやさま》に心のアンテナを向けていることが大事ではないのかな」

「心のアンテナ?」

「何ごとにつけ、教祖ならどうおっしゃるだろう、教祖は喜んでおられるだろうか、という自問自答。それを、わが心に習慣づけること」

「そうしたら、どうなりますか?」

「心がだんだん澄んでくると思う。自分がそういう境地に遠いから、大きなことは言えないけれど、いままで見えなかったものが見えてくる、聞こえなかったものが聞こえてくる。何ごとも良い悟りをさせていただけるようになる、と思うね」

「そういえば、『心の澄んだ人の言う事は、聞こゆれども、心の澄まぬ人の言う事は、聞こえぬ』（『稿本天理教教祖伝逸話篇』一七六「心の澄んだ人」）というお言葉がありますね」

　嫁さんは、教祖のお言葉の一節を覚えていた。

「教祖に自分の声が届かないということは、教祖のお声も聞こえないということだよね」と息子。

「でも、心を澄ますのは難しいことですね」と嫁さん。

「一生の課題だよ。少しずつ、一歩ずつ。心を澄ます前に、まず耳を澄まそうよ。いついかなるときでも教祖に心のアンテナを向けて、教祖のお声を聞こうとする姿勢……」

「しかし、教祖のお声を聞いたつもりが、独りよがりで、自分勝手な悟りをすることがあるのでは」

「その危険は大いにあるね。成ってくる理を見つめて、絶えず自己検証をする。それには、ひのきしん、おつとめ、おたすけと、実践の裏づけが大事だと思うよ」

「なんだか重たくなってきました」

「ハハハ、陽気ぐらし。楽しんで通りたい。愚かな私たちでも、心のアンテナを教祖に向けている限り、お連れ通りいただけると私は信じています」

夢は正夢

「体が良くなったら、ぜひ芋煮《いもに》を食べに来てください」

以前、前真柱様が入院なさったとき、山形県にある長井《ながい》分教会の少年会員が、そんなお見舞いの手紙を出した。

念願叶《かな》って、前真柱様が教会の芋煮会へおいでになり、ご自身でも大根の下ごしらえなどをなさったという。長井分教会の皆さん、どんなに嬉《うれ》しかったことだろう。

『天理時報』でこのホットニュースを読み、「長井」という地名で思い出したことがある。

山形県の上山《かみのやま》温泉に「古窯《こよう》」という知られた旅館がある。

ある雪の日、二人の青年が古窯のおかみさんを尋ねてきた。長井工業高校定時制の卒業生だと名乗った。お願いがあるという。

昼は懸命に働き、夜は睡魔と闘いながら学んだ彼らの学校が、近く廃止されることになった。青春の喜びや苦しみがいっぱい詰まった母校である。廃校式に何をしようかと話し合ったとき、誰《だれ》からともなく歌手の坂本九《さかもときゅう》ちゃんを呼ぼうという声が上がった。

長井は雪深いところである。授業を終えて夜おそく凍《い》てつく家路を急ぐとき、決まって口ずさんだのが、九ちゃんの『見上げてごらん夜の星を』だった。『上を向いて歩こう』だった。それらの歌に励まされ、勇気づけられて通った四年間だった。ぜひ、九ちゃんを呼びたい。

しかし、九ちゃんの事務所に問い合わせると、出演料だけでも二百五十万円かかるという。昭和五十七（一九八二）年のことである。とても若者たちの手に負える額ではない。だが、どうしても諦《あきら》めきれない。

そこで、九ちゃんに直接手紙を書いた。実情を率直に述べて、「出演料なしで来ていただけませんか。その代わり、土地で一番いい旅館は用意します」と。

「というわけで、もし万が一にもそれが叶ったら、九ちゃん一行三十名を、いい部屋に安く泊めてもらえないでしょうか」

それが青年たちの、古窯へのお願いだった。

おかみの佐藤幸子《さとうさちこ》さんは苦労人である。

「分かりました。もしも、もしもですよ、それが実現したら、一番いい部屋と当館最高の料理で、ご一行三十名様を無料でご招待いたしましょう」

夢は正夢。十日後、その「もしも」が実現したのである。みんなはどんな気持ちで、その日を迎えたことであろうか。

なにかの折に古窯へ泊まったことがある。この旅館は見えないところに気を配っているなと、素人《しろうと》の私でも思った。朝食に出た名物の紅花《べにばな》ご飯が美味《おい》しくて、四杯も食べてしまった。

いったい、おかみさんはどんな人だろう。興味を持っていたら、宿の売店に当のご本人が書いた『おかみ』という著書があった。九ちゃんの話は、その本で知った。感銘を受けて私どもの教会報に紹介し、お礼の手紙を添えて佐藤さんに送った。しばらくして速達の葉書《はがき》を頂いた。

「不思議なことがあります。井筒《いづつ》さんの手紙が届いた翌日、九ちゃんのお嬢さんが突然お見えになって『急に来たくなりました、泊めてください』と。きっと、亡くなった九ちゃんの魂が呼んでくれたのでしょう」

＊

おかみの佐藤幸子さんにお会いしたことはないが、全国の名旅館のおかみさんで組織する「おかみサミット」の二代目会長を務められたそうだから、旅館の知名度だけでなく、なかなかの人柄なのであろう。

おかみサミットの初代会長は、長崎県・雲仙《うんぜん》温泉のホテル東洋館《とうようかん》のおかみさんである。ここへは何度も団体を引率して泊まり、いつぞや、その一代記をゆっくり聞かせていただいたことがある。ふつうなら心を倒してしまうような苦労の連続だったが、それらの節を見事に生かして通られたことに、私は敬服してしまった。

聞き上手《じょうず》、というのが第一印象だった。商売上のゼスチャーではない。苦労人だけあって、共感する感性が豊かなのだろう。旅館の女性従業員の中には、子連れで苦労している人も少なくないが、日本の旅館で初めて従業員さんの託児所をつくったのも、ここだという。仕事上の仕込みはとても厳しいが、従業員の皆さんは彼女を、おかみさんとも社長とも言わない。「お母さん」と呼んでいる。

さて、いつも思うのだが、教会の奥さんと旅館のおかみさんには、共通するものがあるように思う。どうだろうか。

教祖ならば……

ある信者さん宅のおばあさんが亡くなった。

数年前にがんを患ったが、年だからと、手術も抗がん剤による治療も受けず、いつの間にか元気になった。学ぶことが好きで、自宅の神床《かんどこ》のある部屋には寿《ことぶき》大学の修了証がズラリと並んでいる。最近は老人会で仲間とおしゃべりするのが楽しみだと話していた。

その日、どこか様子が変なので、家族は念のため救急車を呼んだ。そして三時間後、静かに八十七歳の生涯を閉じたのである。人としての務めを果たし終え、家族を煩《わずら》わさず、自分も苦しまず、「みんな、こうして逝《い》けたらなあ」と集まった人々は語り合った。

葬儀の偲詞《しのびことば》を書いていると、つらつら故人の面影がよぎる。長い道中には、さまざまにつらいことも苦しいこともあったはずだが、私はこのおばあさんの愚痴《ぐち》を一度も聞いたことがない。怒った顔も見たことがなかった。いや、心配ごとも腹の立つこともみな笑いに消化して、大きな口を開けて「ハハハハ」と笑う姿だけが思い出される。

通夜《つや》の席で、私は言った。

「大往生ですね。天理教の教祖《おやさま》はきっとニコニコなさって、『ご苦労さん』とねぎらっておられるでしょうね」

＊

その数日後、今度は悲しい死を弔問《ちょうもん》することになる。

ある教会役員の息子さん。仕事の行き詰まりを打開すべく、無理に無理を重ねた揚げ句、とうとう三十六歳のいのちを自ら絶ってしまった。親に心配をかけたくなかったのだろう。その苦境を、両親は知らされていなかった。

教祖ならば……

「親神様、どうしてこんな酷《むご》いことを……」

病弱で年老いた夫の背後に身を縮めて、母は号泣した。ご夫婦とも、教会のうえに、ほんとうによくつとめてこられた。この現実をどう考えればいいのか。教えのうえから諭す言葉はいくらでもあるだろう。慰《なぐさ》めの言葉もあろう。しかしいまは、どんな言葉も虚《うつ》ろに響く。

教祖なら、どうなさるだろうか。きっと、お諭しめいた言葉は一つもなく、一緒に涙を流して「ゆっくりお休み」と、やさしく背中をさすってくださるに違いない。いまはただ、祈るほかないのだ。

＊

夜、帰宅して新聞を見る。子どもを巻き込んだ事件が続発している。大阪で起きた誘拐《ゆうかい》事件の犯人の犯行動機を、「親から相続した十億の資産を食いつぶし、腕力に自信はないが、子ども相手なら、と思いついた」と新聞は報じていた。

いましがた、わが子の死に慟哭《どうこく》する親の悲しみに言葉を失っていた私には、どこか異次元の世界の出来事のように思えた。「この、人でなし」という怒りさえ陳腐《ちんぷ》になる。全く人間というもの、何をするか分かったものでない。

しかし「教祖ならば……」と、また考えてみる。おそらく「かわいそうに」と、涙を流しておられるだろう。被害にあったお子さんや、ご家族に対してはもちろんだが、たぶん、この誘拐殺人犯にもまた。人間の持つ愚かさに、その存在の哀《かな》しさに……。

＊

さて、いつの日か、私たちは人生の綴《と》じ目を迎える。そのとき、教祖ににっこり微笑《ほほえ》んでいただきたいと、天理教の信者さんなら誰《だれ》でも願うだろう。だが、その場になれば天を恨《うら》み、のたうち回るかもしれないし、不慮の事故や犯罪に巻き込まれることだってある。生死は一寸先が闇《やみ》である。

それで思い出したのだが、作家の曽野綾子《そのあやこ》さんがずっと以前、たしか「一分間の祈り」という題の随筆を『朝日新聞』に書いておられた。いままでは毎晩、一日の感謝を唱えてきたが、六十歳を過ぎてからは、生かしていただいたこれまでの人生まるごと、毎晩お礼を申し上げることにした、と。

私は感銘を受け、見習おうと、実はひそかに真似《まね》てみたのである。だが、未熟な私には、どうも空々しい感じが先に立った。それもそのはず、今日《きょう》一日の充実感をほんとうに持てない者に、どうして一生涯の感謝などできようか。

そこで気がついたことがある。

教祖は「不足に思う日はない。皆、吉《よ》い日やで」（『稿本天理教教祖伝逸話篇』一七三「皆、吉い日やで」）とおっしゃったが、それは「一日、二日」という数字の意味合いよりも、みんな良い日としていそいそとお通りになったのだと。あの過《か》酷《こく》なご艱難《かんなん》の中を——。それがあってこそ一日の感謝もできるし、今日までの人生のお礼もできるだろう。

しかし、私たちは教祖のように「みんな良い日」としてなかなか通れない。そこで最初は、少々照れくさくても、意図的に一日のお礼を申し上げる。それがだんだんと習慣化され、身についてきて、次第に「良い日」が増え、やがて曽野さんのように、一日ならぬ一生涯のお礼を毎晩できるようになると、私は信じている。

どのように死ぬかということよりも、今日一日をどのように生きるか。その積み重ねにしか、教祖に微笑んでいただける道はない。まさに〝一日生涯〟である。

第四章「こころの風」

仙田善久先生

正月、今年もたくさんの年賀状を頂いた。しかし、年末には「喪中《もちゅう》につき……」という葉書《はがき》も少なくなかったのである。親しい人との別れは、なんともつらい。

天理教集会の前議長、仙田善久《せんだよしひさ》先生もその一人である。葬儀のあと、奥様からの手紙を拝見して驚いた。こう書かれてあった。

家族には口数の少ない人でしたので、夫婦での会話もあまりなかったのですが、娘から聞いた話では、

「お母さんには苦労をかけた。北陸や東北にはお友達もできたので、十日ほどかけて、二日市《ふつかいち》さんや井筒《いづつ》さんの所へも寄って、温泉めぐりしたかったんだが、これが心残りだ」

と、話したそうでした。

私には最後までお礼の言葉どころか、そんな思いも言ってくれなかった人だけに、「まあ、娘にはカッコいいことだけ言ってね」と、あとで聞いて笑ったことでした。


しばらくして、ていねいな筆跡の手紙が届いた。当の娘さんからだった。

「生前の父の言葉をお伝え致《いた》したく……」と前置きして、「病院（憩《いこい》の家）での最後の入院中、父は、それまで必要以上に会話をすることのなかった末娘の私に、いろんな話をしてくれました。一つひとつ思い出し、遠くを見つめながら……。結果的に、このときの会話が、私にとっての父の遺言になりました」

とあった。

その折、東北旅行の話も出たのだという。かけがえのないひとときの父娘の会話に、私の名前も登場したのは嬉《うれ》しくも光栄で、それならもっとお元気なうちにご招待したらよかったと、悔やまれてならなかった。

ともあれ、「家族の対話」だの「なんでも話し合って」などという言葉に、日ごろから嘘《うそ》っぽさを感じていた私は、仙田先生の寡黙《かもく》さと、家族を思いやる心の温かさに、すっかり惹《ひ》かれてしまったのである。


先生に最初にお会いしたのは、若いころ、徳島県のある大教会で青年会総会があり、そこへ派遣されたときのことだった。先生は記念講演の講師として招かれていた。

海外にも部内教会を持つ先生は、その広い視野から、眼前のことに汲々《きゅうきゅう》とするのではなく、将来を見つめてものを考えなければならない、という内容でお話をされたと記憶している。

終わって、私が琴平《ことひら》方面へ出ると聞いた先生は、「送ろうか」と、いとも気軽に自分の教会のある穴吹町《あなぶきちょう》の駅まで同乗させてくださった。吉野川《よしのがわ》をさかのぼって教会へ向かう道中、徳島県は山が多い、高校生は通学に不便を来《きた》す、そうした生徒を預かって、教会生活をさせながら教育している、などと話され、私は「将来を見つめて」という先ほどの講演と思い併せ、大いにうなずいたのである。

集会員としての任期を終えての記念旅行で先生の教会にお邪魔《じゃま》したとき、新しい立派な神殿とともに信者会館も出来上がっていた。遠来の信者さんが長期滞在しても困らぬようにホテル並みの部屋を整え、バリアフリーなどという言葉が流行《はや》る前から、それを実現していた。やはり、先見性を思った。

このとき、タライうどんをご馳走《ちそう》になったが、何十人という客を接待して、奥様の目配せ一つで皆さんがテキパキ動く。それでいて自然体。大きな教会の奥様というより、教会のお母さんという感じを受けた。先生はニコニコして眺《なが》めておられる。

日本の年配の男性は、照れもあって奥さんに内心をあまり言わないが、それだけではなく、ほんとうに息の合ったご夫婦には、余計な会話など必要ないのではないか。奥様の手紙とタライうどんの情景を重ねて、そんな感想を持った。

寡黙といえば、先生がいったん退院されてから、あるグループでヨーロッパを駆け足で旅行したことがある。キリスト教文化の真っただ中に初めて足を踏み入れた私たちは興奮した。先生は、たしか天理大学で世界宗教史を講じておられたはずだから、こんな機会に一席ぶつ気なら、いくらでも材料があったわけだが、やはりニコニコして言葉は多くなかった。尋ねれば手短に説明してくださった。

いつの日かもう一度、先生に連れられて、ゆっくりヨーロッパの旅を、と念願していたが、叶《かな》わぬ夢になってしまった。

ご臨終の場を、奥様は手紙にこう書いておられる。

二日くらい寝かせ起こせはあったものの、苦しいとも痛いとも言わずに、私が指先をもんでいたのに、「ねむたいから寝かせてもらおう」と言ったまま、朝づとめの太鼓の音とともに、二度と眠りから覚めることなく……。

私は弔電《ちょうでん》を、どうしても先生ご自身に申し上げたく、故人の名あてに打った。奥様からのお手紙の末尾にも、「仙田善久」と記され、傍《かたわ》らに小さく、ご自身のお名前が添えられてあった。

親神様からのメール!?

真っ暗な夜空を旋回していた飛行機が、低く垂《た》れ込めた雪雲を突いて、やっと滑走路に降りた。機内では一斉に拍手が湧《わ》いた。空港は猛吹雪《ふぶき》だった。妻が迎えに来ていた。「珍しいことがあるものだね」と軽口を叩《たた》いたら、「大変なことがあったの」と泣きそうな顔である。

このところ、方々へ迷惑をかける男がいて、教会へも来たそうである。強引な頼みを妻が断ると、とんでもない不始末をして帰ったとのこと。車の中で話を聞くうちに、だんだん腹が立ってきた。

「この恩知らず!」

と、そう思った途端、車は左右に大きく揺れて暴走し、対向車線に入って交通標識を倒し、雪の中に突っ込んでしまった。

バックしようにも車は動かない。外へ出ようにもドアも開かない。幸い、運転していた青年さんが携帯電話を持っていた。まずは一一〇番に通報する。

「ああ、人身事故でなくて何よりだった」

「でも、これは親神様のご意見よ。彼の頼みを聞いてやればよかったのかしらね」

「それは絶対にいけない。これまでも不憫《ふびん》だと思って、いろいろ心をかけてきたけれども、かえって増長するばかりではないか」

「それじゃあ、あなたはどう悟るの?」

閉ざされた車の中で、妻はたたみかけてきた。

――見るもいんねん聞くもいんねんと教えていただくが、その思案が私に足りなかった。ましておたすけ人ならば、その男がどうすればたすかるかを思案して親神様に祈るはずなのに、私はただ腹を立てていたばかりではないか――。

そう反省し、心でお詫《わ》びしたが、妻には言わなかった。

ようやくパトカーが来た。酒気帯びなし、免許証も所持している。お咎《とが》めはなかった。車の損傷もなし。警察官は親切に対処してくれた。

通りがかった大きな車に牽引《けんいん》してもらい、パトカーの誘導でようやく道へ出て、車から降りた途端、鳥肌が立った。倒れた交通標識のすぐそばに、トランス（変圧器）を載《の》せた電柱が立っていたのである。もし、それに激突していたら……。周辺一帯は停電し、大騒ぎになっていただろう。私たちの車も大破し、怪我《けが》をしていたかもしれない。交通標識というクッションがあったおかげで守られたのである。

さらに、空港からの県道は凍《い》てついて、テカテカに光っていた。道路の端に立ってみて、交通量も思いのほか多いことに慄然《りつぜん》とした。これでよく対向車が来なかったものだ。

「親神様は、ご意見の中にも、しっかり親心をかけてくださったのね」

「まったくだよ。対向車と衝突して、両方の車から血まみれで意識不明の人たちが救急車に乗せられて、という場面を想像してごらん。それは決してあり得ないことではなかった」

私は思わず手を合わせた。

「大難を小難にお連れいただいて」という。これを「本当は大きな難儀に出合うべきところを、親神様の親心で小さな難儀で済ませていただいた」と悟る人が多い。

私は、ちょっと異なったニュアンスで受けとめている。

「大事になるべきところも、最初は小さなことからお見せくださる。しかし、なあにこのくらいと、自らを振り返らないと、やがて大きな難に遭遇《そうぐう》せざるを得なくなる」と。成ってくるのは天の理で、もともと種はあるのだから、聞く耳を持たなければ親神様といえども、どうにもならない。

月日にハたん〳〵みへるみちすぢに

こわきあふなきみちがあるので

（おふでさき　七号　7）

月日よりそのみちはやくしらそふと
をもてしんパいしているとこそ　（同　七号　8）

この親神様からのしらせを「天の手紙」と表現した先人がいる。いまは「親神様からのメール」というのだろうか。IT時代、メールの来るスピードがだんだん速くなるかもしれない。

けふの日ハみちがいそいでいるからな
どんな事てもはやくみへるで　（同　一六号　46）
それゆへにでかけてからハとむならん
そこで一れつしやんするよふ　（同　一六号　47）

そんなことを考えていたら以心伝心、妻が青年さんに言った。

「携帯電話のおかげでたすかったわ。ケータイって、こんなとき便利ね」

「俺《おれ》も持とうかな」と、妻の顔色をうかがう。

「あなたはやめたほうがいいわ。三日もしないうちに、どこかへ忘れてくる」

「うん、そうだね。それにケータイを持つと、いつもおまえさんに監視されているような気分になるだろうし。まあ、親神様からのメッセージを感度よく受けとめる心のアンテナを磨くことのほうが先だね」

人間共通の地下水脈

急に旅へ出ることになった。いつもなら、妻が荷物を整えてくれるのだが、その妻は、三カ月ほど不在である。

出発の朝、妻から電話が入った。「忘れ物しないでね」。子どももあるまいし、まるで長距離リモコンだと苦笑しながら駅へ向かったが、ハタと気がついた。車中で読む本を忘れたのである。もう時間がない。本なら何でもいい。急ぎ、売店で『新潮45』なる雑誌を求めて列車に飛び乗った。

ページをめくるうち、宗教学者・山折哲雄《やまおりてつお》氏の「さらば『宗教』」なる一文に出合い、ドキッとする。山折氏は言う。

・仏典や聖書の言葉が、今日、ほんとうに苦しみ悲しんでいる人々の心に届かなくなってしまった。

・現代の宗教家が、人々の心にもっと近づこうと思うなら、イエスやブッダの言葉をただオウム返しに繰り返すだけではなく、むしろイエスやブッダのように生きようとするほかないのかもしれない。

そして山折氏は、宗教的な言葉が輝きを失った理由のうち、宗教家自身の問題を二つ指摘する。

・各宗派は、難しい業界用語（仲間にしか通じない言葉）を多用して、非妥協的な自己主張を繰り返している。

・宗教の言葉が悟った者の高みからだけ語られ、悩める平凡人の側から嚙《か》み砕かれることが極めて少ない。

衝動的に買った雑誌だったが、私には、教祖《おやさま》が仕向けてくださったように思えた。

教会長は高い所から教えを垂《た》れる神の言葉の代弁者ではなく、たすけを求める人の同伴者であってこそ、おたすけ人ではないか。かねがね私は、自分にそう言い聞かせてきたつもりだが、つい知らず、「かくあるべき」という思いが先に立ってしまう。

もちろん、神の言葉は取り次がねばならない。だが、それが生きた言葉として聞き手の胸に響くのは、自身の中にその言葉が生きていればこそである。いくら話として理路整然に見えても、空疎な言葉は眠気を呼ぶだけだ。

たとえば、「皆さん、たんのうとひのきしんの精神で、にをいがけ・おたすけに励みましょう」という表現。教理的には間違いないとしても、それで人の心を打つだろうか。

右に傍点を打ったお道の言葉の数々は、他に比類のない深い意味合いを持つ。しかし、それは教祖ひながたの道に裏づけされているからこそ輝くのである。どんな素晴らしい教語でも、人に説くだけの手だてに堕《だ》したとき、生命を失う。

私は、お道の言葉を、われわれが日常生活で使う言葉に置き換えて語ることを心がけ、周囲にも勧めている。

それは、教語を誰《だれ》にでも理解できるよう、という意味だけではない。一般庶民の生活感情から出発して、教えを考えてみようというのである。そうすれば、私たちが分かっているつもりのことが、実はいかに分かっていなかったかと気がつくだろう。持っているはずのいささかの信仰は、ひと言のお言葉の重みに吹き飛んでしまうだろう。

「さあ今、にをいがけ、おたすけの旬」という標語があったとする。

言葉はまことに美しい。しかし、にをいがけをするとはどんなことなのか、おたすけするとはどんなことなのか、それがなぜ、今の旬なのか。標語だから、というのは言い訳にならない。言葉は深めなければ人の心に届かない。

山折氏が指摘する宗教家の問題点は、その日常のありようにも起因する。

これは私のつらい反省なのだが、一日二十四時間、一カ月三十日間をどう過ごしているのか。それらを表やグラフのような形に表すと、私の場合、会議、研修会、講演、執筆に費やす時間が圧倒的に多い。

時間配分だけではない。「いかに皆さんにその気になってもらうか」「いかに人に動いてもらうか」、そのことが私の頭の中の大半を占めていることに慄然《りつぜん》とするのである。

もちろん、それは誰かがしなければならないことで、格別いまの立場に不満を持っているわけではない。他宗の人たちとて同じだろう。ただその中に、山折氏の言う「現代の宗教家が、人々の心にもっと近づこうと思うなら、イエスやブッダのように生きようとするほかないのかもしれない」という提起が、なんとしても心に痛い。

あってもなくてもいいような会議や研修会は、できるだけ減らしたい。だが、それにもまして、他人にさせるのではなく、自らがたとえどんな御用の中にも、教祖のひながたをたどることはできるはずだ。

教会長の皆さん、謙虚になって学びましょう。書物からだけではない。信者さんから、世の中の人々から、世界から。そして、教祖の教えをもっともっと掘り下げていきませんか。そうしたら必ず〝人間共通の地下水脈〟にたどり着くはずです。

存在するという役割

このところ、本の整理にかかっている。数年前、置き場所に困って十坪ほどの図書室をつくったのだが、完成すると、待っていたかのように方々から本の寄贈を受け、たちまち溢《あふ》れてしまい、必要な本も探せなくなった。妻は「いらない本は処分したら？」と言うのだが、そうもいかない。

図書室には、母方の祖父が遺《のこ》した本がある。多くは戦前の神道《しんとう》系の、今日では通用しないものばかりだが、祖父は若いころから〝本の虫〟で、昔の教会では本を読むのが邪道のように思われていた時期にも、教会の青年部屋の押し入れに隠れて読んだという。

また、古希《こき》を過ぎてからでも『原子の話』などという戦後のザラ紙に印刷した粗末な本に、赤鉛筆で丹念に傍線を引いていた。老いてなお好奇心盛んという祖父を思えば、いま読む人がいないからといって、むやみに捨てられないのである。

私の父も本を大事にした。不要になった教科書や資料・パンフレットに至るまで「黒石文庫《くろいしぶんこ》」のスタンプを押して大切に保存していた。それらはいま、教会の宝である。父は終戦の年に亡くなった。どんなにか教会に図書室をつくりたかっただろうと思うと、その遺志を継がねばという使命感で、本の整理にも熱が入るのである。

元高校の先生からは、ワゴン車にぎっしり三台分の蔵書を頂いた。文学書や歴史書のほか、社会主義関係の本もかなりある。「適当に処分してもいい」と言ってくれたが、学生時代は東京大学で鎌倉《かまくら》仏教に傾倒し、高校の教師になってからは組合活動に専念、病を得て再び宗教的世界に回帰したその精神の軌跡を思えば、たとえ私が死ぬまでに社会主義の本など一冊も読まないとしても、これもやはり捨てかねる。感傷ではない。読まない本が語りかけてくるのだ。

私が中学時代に愛読した本がある。永井隆《ながいたかし》博士の『いとし子よ』。

博士は長崎医科大学で放射線科の教授をしておられたが、原爆で奥さんを失い、小学四年生と二年生の兄妹が遺された。ご自身も白血病になり、病に臥《ふ》すことになる。「如己堂《にょこどう》」と名づけられたタタミ二枚の家。そこに博士と二人のお子さんが住まう。

生きていかねばならない。寝たきりの博士は本を書くことを勧められた。その著書『この子を残して』や『長崎の鐘』はベストセラーになり、来客が増えて、とても執筆どころではなくなった。昼は客人の応対に追われ、夜、幼い子たちが寝静まったころペンを執る。一冊の本ができるまでに、どれだけ陰の苦労があるか。どんな本でも、本は大事にしなさいと、博士は『いとし子よ』の中でお子さんたちに語りかけていた。

だから、私も本を大事にしてきたつもりだが、最近は派手に広告される本でも、まず食指が動かない。年のせいかなと思ったが、そうでもないらしい。思うにベストセラーをねらって次から次へと出版される本は一種の消耗品《しょうもうひん》で、買う気にも保存する気にもならない。もちろん、そうでない著作もたくさんあるが、本は不思議にも、読まれる前からその生い立ちを物語っている。

*

さて、話は変わる。

私の敬愛するお道の大先輩から手紙を頂いた。「米寿ともなれば無役となり、廃物同様です」と書いてあった。

手紙を見た妻は言った。

「お元気で教会におられるだけでも、どれだけ皆さんが頼りにしているかしれないのにね。あんな先生でも、廃物同様などと思うのかしら」

「言葉の綾《あや》だよ。いままで一生懸命におたすけに励んできた人だけに、じれったい思いがあるのだろう。いつも赤々と信仰の火を燃やして第一線でありたい、そういう先生だ。もう年だから、という気は全くない。大したものだよ」

「教祖《おやさま》は、『人間の反故《ほうぐ》を、作らんようにしておくれ』(『稿本天理教教祖伝逸話篇』一一二「一に愛想」)とおっしゃったけれども、こんな場合、周りはどうすればいいのかしらね。みんな尊敬しているのでしょうけれど、かといって、いつも前会長さんにお伺いを立てるわけにもいかないし……」

ふと私は、T氏のことを連想した。

この人も精力的に道を通ってきた先輩だが、還暦を過ぎてから胃を全摘出し、やがて食道も切った。当初はさすがに落ち込んで、たすけられた喜びよりも、なにもできない不甲斐《ふがい》なさから、「役立たずがこうしているくらいなら、死んだほうがましだ」と嘆いた。

それから数年。次第に回復して、先日伺ったとき、「憩《いこい》の家」元院長の山本《やまもと》利雄《としお》先生からの葉書《はがき》を見せてくれた。こう書いてあった。

あなたが元気でいるだけで、多くの人に勇気を与えます。私たち道の者の誇りです。

「本だけじゃないね。まして人間だもの、存在しているだけで役割を果たしている。どれだけ仕事をしたかではなく、何でも結構という喜びの心境になればいいのだがね」

「ハハハ」と、妻は声を上げて笑った。

「あなたには無理よ。頼むから周りを見てイライラして、顔をしかめないでちょうだい」

ある夏の朝

わが家の内孫、ただいま八人。夏休み、小学六年生を筆頭に、オシメをぶら下げた子まで朝から一斉に走り回るものだから、その騒々しさといったらない。

「うるさいッ」と怒鳴《どな》ったら、すかさず妻にやられた。

「いいでしょう、こんなに楽しく遊んでいるんだもの。みんな元気でありがたいことだわ」

「それとウルサイこととは別問題だよ」

「ハハハ、あなた年を取ったのね。子どもたちのエネルギーについていけなくなったんだ」

それは違うぞと気をとり直し、毎朝三十分、上の子二人に勉強させることにした。長女には漢字のおさらいを、一年生のチビにはひらがなの書き方を。日本語だけはきちんと身につけさせたい。

だが、こちらの思惑《おもわく》など知るはずもなく、とくに小一の孫など「なんでこれをやるの?」と、まるで気が乗らない。

ふと思い立って、大きな日本地図を子らの前に広げた。広島と長崎に○をつけて、原爆の写真集を取り出す。初めて見る凄惨《せいさん》な地獄絵に、孫たちの目が凍りついた。

「神様がいても、たすけてくれなかったの?」と一年生。

「親神様はみんなを幸せにしたかったんだけれども、戦争を始めた人たちは言うことを聞かなかったんだよ。親神様は、とっても悲しかったと思うよ」

「……」

「だから、世界中の人たちがたすけ合って、みんなが幸せになれるように、君たちも親神様のお手伝いをする人になってほしいんだ。そのために、勉強するんだよ」

　孫たちが去ったあと、妻がお茶をいれた。

「どうして原爆の写真など見せたの？」

「この子たち、健康だし、食べ物も着る物もある。両親もいる。何もかも恵まれて、その分、自分を駆り立てるものがない。世の中にはたくさんの悲しい現実があることを教えてやりたかったのだ」

「でも、こんな幼いときから、あまり悲惨《ひさん》なことを教えたら、暗い人生観を持たないかしらね」

「そうではないと思うよ。たとえば、われわれの子どものころは、食べ物もなかったし、着る物だってお古のツギの当たったものを着て学校へ行った。狭い部屋に川の字のように家族みんなで寝て、ましてオモチャなんてなかった。それでも工夫して、棒きれ一本で楽しく遊んだものだ」

「いまの子どもたちに、そんなことを言ったって通用しないわ」

「そこなんだよ、大事なのは。そんな中でも、みんなたすけ合ったじゃないか。『母さんの歌』ではないけれども、夜おそく暗い電灯の下で、おふくろが子どもの靴下の穴を繕《つくろ》う。そんな情景は、どこの家庭でもあった。君なんか長女だから、よく下の子を負《お》ぶったろう」

「ええ、肩に食い込むようなあの重さ。いまでも思い出す」

「ボクは山菜採《と》りに、小学校の低学年からやらされた。薪《たきぎ》拾いもしたし。でも嫌《いや》ではなかったよ。子どもながら、みんなの役に立っているという自負があった。あのころのことを思えば、まだいくらでも頑張れるような気がするなあ」

「いまは頑張ると言えば、子どもは部活動のことだと思っている。何もかも恵まれて、ありがたさを知らないのね。たすけ合おうと言っても、ポカンとしている。何をすればいいか分からないのよ」

「われわれ大人からしてそうだ。だから、時には自分でも思い出し、子どもたちにも語り継ぐことが大事だと思う。そんな時代のあったことを」

＊

私は終戦の日のことを時々思い出す。全校生徒が講堂で天皇陛下の放送を聞いた。国民学校四年生の私には、さっぱり意味が分からなかったが、校長先生は「もう戦争は終わりました」と涙声で言った。帰りしな、担任の先生に呼ばれた。

「井筒《いづつ》、学級費を納めていないのはおまえだけだ。いますぐ持ってきなさい」

母がどこからか工面してきたお金を握りしめ、また学校へ走った。暑い日だった。

ところが先生は、「ご苦労さん」のひと言もなく、いきなり「もうそんな金なんか、紙くず同然だよ」と吐《は》き捨てた。ついさっき、持ってこいと言ったじゃないか。瞬間、母の顔が浮かんだ。

「いらないなら返せ！」

それが私の反抗の始まりだった。

「その先生、お金に困った経験がなかったのかしらね」と妻。

「まあ、敗戦のショックがそう言わせたのだろうが……。それにしても、ある種の欠乏感というのは大事だと思うね。そうでなければ人間、堕落《だらく》する」

「ああ、わたし堕落してみたい」

雲行きが怪《あや》しくなった。退散するに限る。

ひと言の声がけ

時は明治の中ごろ、一人の布教師が、路上で男同士のケンカに出くわした。

「もしもし、ケンカはやめたらどうですか？」

布教師の言葉に、侠客《きょうかく》風の男が牙《きば》をむいた。

「こっちが勝手にやっているものを、やめろとは何ごとだ。それなら代わりに、おまえを殴《なぐ》らせるか？」

「それで気が済むなら、どうぞ」

布教師は地べたに座り、顔をさし向けた。男は驚いた。

「おまえはいったい何者だ？」

「天理教の布教師です」

「天理教？　天理教って何だ？」

じっと話を聞いていた男は、やがて言った。

「俺《おれ》を、おまえさんの弟子にしてくれ」

＊

「それが、この教会の始まりです」

西日本のある教会で、九十歳になる前会長さんは、そう語ってくれた。

家に帰って、そのことを妻に話すと……。

「もし、その布教師が黙って通り過ぎたら、教会はできなかったのね」

「部内教会も、たくさんの信者さんもね。前会長さんが言っていた。おたすけの種はどこにでも転がっているが、声をかけるかどうか、そこが分かれ道だと」

「ひと言の声がけの大切さ……。でも、いまは他人に干渉せず干渉もされずという風潮でしょう。なまじっか声をかけたら、警戒されるのではないかしら。

戸別訪問も、先方にとっては迷惑でないかしらと思うことがあるの」

「そんな世の中だからこそ、逆に声をかけてほしいと思っている人もいると思うよ。ボクたちは何かの勧誘員ではない。一軒一軒、その家庭の陽気ぐらしを祈って歩くんだよ」

「見ず知らずの家庭を、そんなに祈ることができるかしら？」

「そこが問題だ。例の布教師だって、ケンカの仲裁《ちゅうさい》に入ろうかどうか、逡巡《しゅんじゅん》したのではあるまい。たぶん、気がついたら割って入っていたのだろう」

「おたすけ心が身についていた、ということ？」

「うん。そこで、たすけ心を養うための〝祈りのレッスン〟ということを考えてみたんだよ。照れくさいから、誰《だれ》にも言わなかったけれども」

「祈りのレッスン？」

「その第一は、会う人どなたでも、まずは気軽に声をかける。おはようございます、こんばんは。簡単なあいさつだよ」

「そんな簡単なこと？」

「これとて、自分の心が勇んでいなかったら、決してできない」

「第二は？」

「その人のために、心の中で祈る。今日《きょう》も一日、陽気ぐらしができますように、とね」

「あなた、それを自分でやってみたの？」

「うん。最初はなんだか、われながら嘘《うそ》っぽかったが、だんだん抵抗なく祈れるようになってきた。そうしたらね、こっちの心が変わってきたんだよ」

「どのように？」

「どんな人でも、その人生を、そうとしか生きられないかたちで一生懸命生きているのだな、と。人に対して襟《えり》を正す気持ちになってきた」

「それは、おたすけする人の心の基本だと思うけど、ホントに？」

「まあ、信用してくれなくてもいいがね」

「さっぱりそうは見えないけど……。そういうあなたは、私には声をかけてくれない。なにか言うと、うるさい、分かった、と」

風向きが変わってきた。

「いつかあなたに、新聞と私と、どっちが大事なの？　と聞いたことがあったわね」

「うん、覚えている。結婚間もないころだった。ボクは両方とも大事だと答えた」

「あのときは、ああ、私は新聞並みの妻かと、悔しくて……」

「これでも、おまえさんのこと、祈っているんだよ」

「あら、なんと？」

「同じ新聞でも、三日前の古新聞ではなくて、いつまでもインクの匂《にお》いの新鮮な朝刊でありますように、と」

かけがえのない日々

「もしもし、ヨーカイさんいますか?」

「えっ、ヨーカイという人は教会にいませんが……」

電話に出た女子青年は不審顔《ふしんがお》である。京都の草梁《そうりょう》分教会長、高橋定嗣《たかはしさだつぐ》さんからだった。

「井筒《いづつ》さん、先日あんたを見かけたウチの信者さんがね、まるで妖怪《ようかい》のようだと言っていたよ。頭の毛はないし、歯は欠けているし。奥さんがかわいそうだね。あんたには、もったいない奥さんだね。あんたは、その奥さんを大事にしていないだろう」

かなり酔っぱらっているらしい。電話は続く。

「ところで、二十四日はウチの教会の大祭だけど、お供えするリンゴがないの。ウチの神様はね、とびっきり上等なものしか召し上がらないんだよ」

これが最後の電話だった。それから間もなく高橋さんは入院し、三月十七日に出直された。最愛の雅子《まさこ》夫人に先立たれて、三年目だった。

＊

高橋さんとは同い年である。青年会のころから、ずっと付き合ってきた。いつも楽しいことを言って、みんなを笑わせていた。創刊当初の青年会機関誌『大望《たいもう》』に「陽気ぐらしで行こう」という軽妙なタッチの随筆を連載し、大人気を博した。お道の刊行物に、あんなエッセイを書いたのは、たぶん彼が最初だったろう。

ある有名な作家から、文筆で立てと勧められたそうである。彼は文才もさることながら、本音《ほんね》を大事にした。『天理時報』に連載された東本《とうほん》大教会初代会長、中川《なかがわ》よし先生の伝記『大いなる慈母』の原稿は、ところどころ涙でにじんでいたという。

その高橋さんから、二度ほど、こっぴどく怒られたことがある。

一度は古い仲間が集まってイッパイやっていたとき、突然、私のほうへ向き直って、

「井筒さん、あんたの文章には衒《てら》いがあっていかん。もっと真摯《しんし》に書きなさいよ、真摯に」

と、まるで天啓でも下ったかのように嚙《か》みついた。満座の席だったが、ズバリ核心を衝《つ》かれて、私は腹が立つどころか、さすがと脱帽してしまったのである。

もう一度は、しばらく振りで会った私に、いきなり言った。

「あんた、その顔どうした。実に不健康な顔だね。そのままではきっと死ぬよ。診《み》てもらったのかい。他人《ひと》には身体《からだ》は借り物などと偉そうに説いて、自分の身体を粗末にするのか。すぐにでも診てもらいなさい」

＊

それから十年、彼のほうが先に逝《い》った。出直した日の夜おそく、ご子息から

知らせを受けて眠れなかった。妻もそうらしく、ポッンと言った。

「あの〝ヨーカイ電話〟のとき、高橋先生、きっと心のやり場がなかったのね。甘えたかったんだわ、誰《だれ》かに」

高橋さんには頼もしい後継者がいる。心やさしい娘さんや、幾重の道も通ってこられたお母さんもいる。彼を慕う信者さんも大勢いるし、友も多い。しかし、誰にも代えがたく、雅子夫人でなければならぬものがある。その奥さんに先立たれて、ポッカリ開いた心の穴は、どんな慰めの言葉をもってしても埋めることはできまい。

「高橋さんのやるせない気持ちから、周囲がどんなに辟易《へきえき》させられたとしても、教祖《おやさま》はそのまま抱きかかえてくださっただろうね。ご苦労さん、きっとそうおっしゃっているよ」

「雅子さんがそんな感じだったわ。いつか私が落ち込んでいたとき、あの奥さんなら私の気持ちをスーッと吸い取ってくれるのではないかと思ったの。そうしたら次の日、先生から柴漬《しばづけ》が送られてきて、ほんとうに驚いた」

さて、高橋さんの訃報《ふほう》を聞いた翌日は、私どもの教会の月次祭だった。祭典が始まっても高橋さん夫妻のことが頭から離れない。妻も、とうとう還暦を迎えた。こうして夫婦揃《そろ》っておつとめを勤めることが、あと何年続くか分からないが、とにかくいまは、かけがえのない日々を送っているのだという実感がぐっと迫ってきた。

そして妻が、「六十歳になったら、もう一度修養科へ入りたい」と言っていたことを思い出した。よし、それだと、祭典の合間に「どうだ」と妻に問うと、急なこととて目を白黒させ、「でも、あなたが心配で……」とためらう。

「なに、送り出すほうも修養だよ。ふっと浮かぶは神心、おつとめ中に思い浮かんだことは大事にしたい」

心変わりしないうちにと、すぐ祭典講話で発表してしまった。突然の宣言に、皆さんも大いに驚いたが、おかげで同行者も二人お与えいただいた。

高橋さんへの弔電《ちょうでん》を、こう打った。

「たくさんの人の心の扉《とびら》を開いてくれて、ありがとう」

地球を見たのか

秋田県角館町《かくのだてまち》。武家屋敷で知られるこの町は「小京都」と呼ばれている。

私はかねて、古い町ならすぐ小京都と言いたがる旅行雑誌などの安易さが気になっていた。

「しかしここは、ほんとうの小京都なんですよ」

出迎えてくれたSさんが、そう言って笑った。

「角館の殿様は京都の公家《くげ》の出身でね。望郷の思いにかられ、都になぞらえてこの町をつくったのだそうです」

案内されて驚いた。武家屋敷というより、壮大な武家屋敷街である。その黒《くろ》塀《べい》を覆《おお》うように、樹齢三百年という枝垂《しだ》れ桜の巨木が続く。町全体で三十四万本の桜があるという。それが一斉に開花したら、どんな光景か。そしてまた、紅葉の季節もさぞ見事だろう。私は浅はかな先入観を恥じた。

その角館の地区ごとに、「かたるべ会」という高齢者の集まりがある。語ろうという意味と、参加する（かだる）という意味を兼ねた名称で、大いに人と交わり、語り合おうという趣旨だと聞いた。

その集いで、私は講話をさせていただいたのである。話を次のように結んだ。

「人間みんな生かされています。たとえ眠っているときでも、身体《からだ》の中ではすごいドラマが繰り広げられています。これは人間業《わざ》ではありません。そのことに感謝して、ご恩返しをしましょう。どんなに忙しい人でも、身体の弱い人でも、誰《だれ》もができるご恩返し。それは、喜びの言葉をいっぱい発することです。そして、人のために祈ること。周りの人たちが少しでも幸せになるように、喜びの種を蒔《ま》いてこそ、自分もまた、幸せの実りを頂くことができるのです」

かたるべ会の皆さんは、どこの会場でも拙《つたな》い私の話を熱心に聞いてくださった。言葉を交《か》わした誰もが、秋田県人特有の柔和《にゅうわ》で伸びやかな笑顔で接してくださった。すっかりいい気分になり、今度はぜひ人を誘ってこの町を訪ねようと誓って、帰途についた。

さて、帰りしなの秋田新幹線こまち号。指定された私の席に、なぜか二冊の鉄道PR誌が置かれていた。おそらく先客が忘れていったのだろうが、いかにも読む人を待っているふうである。時に本は、そんな表情をする。

一冊は「JR東日本」のものだった。折しも角館の桜や武家屋敷がグラビアで特集されていた。これ幸いと読みすすむうちに、私の心臓の鼓動はだんだん激しくなり、すっかり恥じ入った。

その記事によれば、角館では桜が散ったあと、「お礼肥《こえ》」と呼ばれる習わしがあるという。今年もよく咲いてくれてありがとうと、中学生も参加して、桜の根元にお礼の肥やしを施す。だから、この土地の人たちは、私が話したご恩返しのことなど先刻承知どころか、町ぐるみで実行していたのである。にもかかわらず聴衆の皆さん、ニコニコして最後まで私の話に付き合ってくださった。

もう一冊は「JR北海道」のPR誌。毎月のように北海道へ行く私は、タダでもらえるこの雑誌は必ず手に取った。小檜山博《こひやまひろし》という作家の連載随筆が楽しみだったからである。氏は私と同い年、書かれていることにいちいち共感できる。それに、いつも感動的だった。

さて、小檜山氏の父上は、オホーツク海に近い山奥で炭焼きをしていたそうである。子だくさんに加えて戦後の窮乏《きゅうぼう》の時代、とても進学どころではなかったが、それでも無理算段して高校へ入れてもらった。

その高校時代、帰省した小檜山少年が何かの拍子に「地球は丸い」と言ったら、父上にこっぴどく怒られた。

「いいかげんなことを言うな。おまえは地球を見たのか！」

無学な父の言葉に唖然《あぜん》とし、なんとも情けない思いをしたという息子は、いま父を越す年齢になって、随筆をこう結んでいた。

その父の子であるぼくが、自分のまだ生きたことのない老後のあり方とか、人生についてまでも偉そうに人さまに話しているのだ。父が聞いたら「おまえ、人生を見たのか」と鼻で笑われそうで顔が熱くなる。

随筆の題は「戒め」とあった。

車内に忘れられていた二冊の鉄道ＰＲ誌。まさしくそれは神の贈り物であった。

その私は、角館の皆さんにも小檜山氏にも、どんな〝お礼肥〟をしたらいいのだろうか。

病気は語る

体調を崩して寝ていたら、クラスメートが電話をくれた。

「おい、どうした。鬼の霍乱《かくらん》かい」

「ゆうべ、休もうとしたら急に胃が痛くなってね」

「ハハハ、『病のもとは心から』と、おまえさん、いつも言うがね」

「うん、心の消化不良を起こしていたんだ」

「病院は？」

「行っていない」

「そりゃ、いかんよ。天理教では医学をどう考えているのかね」

「医者や薬は、修理や肥《こえ》だと説いてある」

「ならば、故障したら修理してもらえよ。おまえさんは、身体《からだ》は神様からの借り物だとわれわれにはお説教するが、借り物ならば大事にするのが当然だろう？」

「そう言われれば返す言葉もないが、これくらいのことで病院かい？」

「そこが、おまえさんの横着なところだ。小さなサインを侮《あなど》ってはいけない。それこそ神様のメッセージだよ。病院が怖いのかい？」

「怖いねえ。なんと診断されるか。検査も苦しかろう。入院させられて、ほんとうの病人になってしまうかもしれない」

「ハハハ、胃カメラを飲んで快感を感じる男だっているんだぜ。要するに、おまえさんは意気地《いくじ》なしの、モノグサの、グータラ野郎なんだ。君のそういう生き方が心の消化不良を起こさせるのではないのか。〝心の生活習慣病〟だよ」

＊

友とは、いいものだ。口は悪いが、心の生活習慣病とは、ズバリ私の性格を突いていた。

それにしても、私もずいぶん人さまには「診《み》てもらったか？　診てもらいなさい」と言ってきた。仕事が忙しくてと言えば、「身体と仕事とどっちが大事なんだ」とやり返す。正論である。しかも好意からの言葉だから、相手は非難できない。

その正論が、相手をいかに窮地《きゅうち》に追いやっていたか。立場が変わればよく分かる。なまじ軽々しく「診てもらえ」などと言うものではないな、と思った。

私が病院を怖いというのは、友人の言葉通り「意気地なしの、モノグサの、グータラ野郎」だからには違いないが、しかし今日の医療に一つの疑問もある。早期発見、早期治療。病気が発見されたからには必ず治療をして、というのが常識になっている。だが、ある程度の年齢までは元気に生活していて、気がついたら余命いくばくもなし。「まあ、いつ死んでもいいから、身体の苦痛だけは取り除いてください」という生き方があってもいいように思うのだが……。

昔、老衰死といわれた人たちも、今日であれば、ほとんど病名をつけられてしまうだろう。どちらが本人にとって望ましいのか。お医者さんは言う。「住み慣れたわが家で、見慣れた天井《てんじょう》を見て、家族に囲まれて息を引き取るのが一番幸せなのです」と。しかし最期《さいご》の最期まで、とことん延命治療をするのでは、それは難しい。

「あなた、そんな偉そうなことを言うけれど、もし、うんと痛みが激しかったら、一刻一秒も早く病院へ連れて行ってくれと言うに決まっているわ」と、これは妻の言葉。

＊

さて、テレビは新型肺炎の拡大を盛んに報じていた。「病のもとは心から」、病気を親神様の手引きと受けとめるなら、こうした事態をどう悟ればいいのか。病床のつれづれ、立川昭二《たつかわしょうじ》著『病と人間の文化史』をひもといてみる。それによれば……。

教祖《おやさま》ご在世当時に日本を襲ったコレラ。もともとガンジス川流域の風土病的な伝染病だったそうだが、イギリスのインド支配とともに爆発的に広がった。

明治以降の日本の死者だけでも三十五万人。

大正時代、世界的に蔓延《まんえん》したスペイン風邪《かぜ》。世界中の死者が推定二千五百万人、日本でも三十八万人余。これは第一次世界大戦中にアメリカ軍の兵舎から発生した。

梅毒はコロンブスがアメリカ大陸から持ち帰ったというのが定説らしいが、日本へは倭寇《わこう》が仲介《ちゅうかい》したという。最近では、エイズの広がりも油断できない。

こう見てくると、病気の広がりは、戦争、侵略、自然破壊その他、人間の欲と驕《おご》りの心が根本にあるといえないか。感染症だけの話ではない。「病のもとは心から」という教えは、個人レベルの思案はもちろん大切だが、広く人間のありようと深くかかわっていることが分かる。「慎みと報謝」という生き方が、あらためて重みを増してくるのである。

バールフレンド

若いころはガールフレンドがいなかったが、いま、何人かの〝バールフレンド〟がいる。年配の女性友達だから、そう呼んでいる。

この言葉、志賀直哉《しがなおや》の日記に出てきて借用しているのだが、私の妻も最近では「バールフレンドから電話よ」と取り次いでくれる。なかには、一度も会ったことのないご婦人もいる。先日、そんな一人から電話が入った。

「孫が行方不明になりました」

一瞬、受話器を握り直す。

「お孫さん、いくつですか？」

「十六歳の男の子です」

中学を出て働いているのだが、急に職場から姿を消したという。数時間後、「見つかりました」との連絡が入って安心していたら、翌朝、また電話をもらった。

「孫は、仕事がきつくて抜け出したらしいのですが、ゆうべ、父親にこっぴどく叱《しか》られました。どうしたらいいものか……」

「うーん。まあ一般的には、父親が怒るのは当然だと思います」

「でも、かわいそうで」

「そうでしょうねえ。そこで家族の皆さんの出番です。まずお母さんは、そういうお父さんを絶対に非難しないこと。だからといって、お父さんの尻馬《しりうま》に乗って息子に愚痴《ぐち》を言わないこと。それでご兄弟は？」

「中学生の妹が一人おります。この子は、きちんとしています」

「そうしたら妹さんと比較して、ゆめゆめお兄ちゃんを責めたりしないこと」

「で、私はどうすれば……」

「おばあちゃんは、どんなときでも、お孫さんを温かく受け入れてやってください。良いところがあるじゃないですか、お兄ちゃんも。高校に入って漫然と遊んでいる連中が多いのに、社会へ出て働いているのですから。お説教をするのではなく、ご苦労さんと、ねぎらってやってほしいと思います。それは甘やかすこととは違います」

「なるほど、皆それぞれの役割があるのですね」

わがバールフレンド、なかなか物分かりがいい。

「そうですとも。そして、お孫さんもまた、家庭の中で一つの役割を果たしているはずですよ」

「えっ、どんな役割ですか?」

「さあ、それはあなたが考えてみてください」

そう言いながら私は、ある友人のことを思った。彼の息子がひきこもりになって長い年月が経《た》つ。苦悩の日々が続き、以前は夫婦げんかが絶えなかった。だがいまは、すっかり仲むつまじい初老のカップルになっている。「息子のおかげだよ」と彼は言う。

＊

教祖《おやさま》は、「何一つ要《い》らんというものはない」（『稿本天理教教祖伝逸話篇』六四「やんわり伸ばしたら」）とおっしゃった。

人間ならば、なおのこと。なにか仕事をするだけが「役に立つ」という意味ではない。たとえどんな病人さんでも、年取って何もできなくなった人でも、そこに存在しているだけで一つの役割を果たしていると、私は考えている。

それにしても、これからやってくる老年期、自分はどんな役割を果たせるだろうかと考えると、存外に難しいことに気がつく。善《よ》かれと思ってすることが、かえってハタ迷惑というのは、ままあることだ。

「あれこれ欲は言わないけれど、いつもニコニコして、そばにいる人がふわあっと、心がゆったりできるような、そんな老人になりたいね」

そう言ったら、妻がゲラゲラ笑った。

「あなたにとっては、たぶん、それが一番難しいことね。そんな先のことを考えるより、例のバールフレンドたちから少し元気をもらったら？」

「最近のばあさんたちは、明るくハツラツとして、ご同慶ですがね。だが、老いは突然やって来る。『老い支度《じたく》』という言葉があるだろう。老いを迎えるにも修業がいると思うよ」

「ああ、それはぜひやってほしいわ。どうか身の回りのこと、あまり私に世話を焼かせないで。自分のことは自分でする修業を、まずは始めてくださいまし」

リンゴの気持ち

秋じまいの忙しさが峠を越した一夜、リンゴ農家のAさんが、見事な収穫を持ってきてくれた。

Aさんとは今年の春、初めてお会いした。そのとき頂いたリンゴが、なんともみずみずしく甘味があって、その感触はいまでも口に残っている。

「どうすれば、あんな美味《おい》しいリンゴができるのですか?」と問うと、Aさんいわく、

「リンゴは人間の言葉が分かるんです。良い実をつけた木を、私は抱きしめて頬《ほお》ずりをします。おまえ、よく頑張ったなあと。すると翌年、また良い実をつ

けてくれます」

「……」

「反対に、勢いが衰えた木を、これはもう切ってしまおうと言うと、次の年は不思議に頑張る。切られたら大変だと、木は慌《あわ》てるのでしょうかね」

「リンゴの気持ちが分かると……」

「木にも個性がありますからね。一本一本の木に、みんな声をかけます」

話を聞いて、私は中学校の教師である友人の言葉を思い出した。

その学校の、ある英語の時間。教師は前の席から順番に読ませていった。ところが、一人の荒れた生徒の番が来たとき、教師は彼をとばして次の生徒に当てたのである。途端に彼は立ち上がり、教科書をバーンと机に叩《たた》きつけ、教室を飛び出した。以後、その教師の授業には二度と出なかったという。

「最大の暴力は殴《なぐ》ることではない。無視することです」と、友人の教師は言った。

＊

教祖《おやさま》はよく、木や農作物にたとえて教えてくださった。それは、お側《そば》に農家の人が多かったというばかりではなく、人間も植物も等しくいのちあるもの、すなわち天の理に生かされ、共通するものがあるからだろう。

だから、農家の人の言葉には一つひとつ含蓄《がんちく》がある。

「いい米を作ろうとするなら、用があってもなくても毎日田んぼへ行くことだ」

「用もないのに田んぼへ行って、何をするんですか？」

「話をするんだよ、稲と」

子どものころ聞いた、農家のおじいさんの言葉である。

「やはり、人間の成長を考えるには、農業の原理でなければならないね。効率化や省力化がモノサシの工業や商業の原理ではダメだな」

ある農家の友人にそう問いかけたら、彼が苦笑して言うには、

「その農業そのものが、いまは工業化、商業化しているからなあ」。

＊

さて、話は変わる。

平成十五年十一月四日、私は北海道のある民宿に泊まった。遅く帰ってきてテレビをつけると、わが津軽《つがる》平野に岩木山《いわきさん》とリンゴ園が映っているではないか。ＮＨＫの人気番組『プロジェクトＸ』だった。

いまや世界一の生産量を誇る津軽のリンゴ「ふじ」が、どのようにして誕生し、現在に至ったかという、いわば津軽のリンゴ農家の苦闘の物語である。

と、突然、画面に知っている顔が登場して驚いた。小笠原正勝《おがさわらまさかつ》さんという、津軽大教会の責任役員である。開発者の一人として、夫婦でＮＨＫのスタジオに招かれていたのであった。

あの人が、こんな先駆的な仕事をしていたのか……。いつもは口数も少なく、温厚実直な人である。

しかし、番組の中で言った彼の言葉は、その温厚さに似合わず鋭かった。

「人に納得してもらうものを作るには、人に納得してもらえるような人間でなければならない」と。

自分の師匠のことを語った言葉だが、私には、そのまま彼の人柄と重なって聞こえたのである。

第五章

「こころの森」

まさ奥様の笑顔

前真柱夫人、まさ奥様が出直された。なにか心にポッカリ穴があいた感じで、僭越《せんえつ》ながら、まさ奥様を追悼《ついとう》して書かせていただく。

まさ奥様のお人柄について、驚いたことがある。

いつか私は、婦人会総会のパンフレット作製を手伝わせていただいたことがある。その後、間もなく、本部の第二食堂で何かのご招宴があったとき、奥様は遠くにいた私を見つけると、わざわざこちらへ足を運ばれ、両手をきちんとついて「このたびはありがとうございました」と、ニコニコしながらも、ていねいにお礼を言われたのである。

ふつうはそんなとき、私を呼んで「ありがとうさん」とだけ言われても、私にしたら身に余ることなのに、なんと頭の低いお方だろうと恐縮し、ドギマギして、全身にさわやかさが染《し》み入る思いがしたのである。

のちに娘が真柱様のお宅でお使いいただくようになり、たまにごあいさつに伺うようになっても、その印象は変わらなかった。お忙しいのに、わざわざお宅の北門の所まで出てこられて、私たち夫婦に、例の笑顔で気さくにお話しくださった。時には素足にサンダルで、時にはエプロン姿のままで。自然体そのまま、という感じであった。だから、お話ししていると、こちらの心がスーッと素直になっていくのである。

私の母は晩年、リウマチでベッド生活だったが、寝ながらでも、いつも教祖《おやさま》や前真柱様ご夫妻のことを幼い孫たちに話していた。だから娘は、小学生のころから、まだお目にかかったことのない前真柱様と、まさ奥様が大好きであった。お宅で、実の親にはないあの笑顔に育《はぐく》まれて、娘はますます敬慕の念を募らせた。感謝のひと言しかない。

失礼な言い方になるかもしれないが、人間、たいていは裏と表がある。人前で立派なことを言い、にこやかにしていても、その反動で私生活はそうでなかったり、時には疲れが溜《た》まってヒステリーを起こしたり、目下の者に乱暴なものの言い方をしたり。

ところが、誓って言うが、娘が三年間お宅にお仕えしている間に、それらしい片鱗《へんりん》も洩《も》らしたことがない。隠して言わないのではなく、心底、尊敬申し上げているふうである。そのことは私の知る限り、お宅でお仕えしている青年さんたちもそうだった。

私の家内など、なにか御用があってお宅へ伺ったとき、帰り際、まさ奥様がきちんと板の間に正座して見送ってくださったことにいたく感動して、それに比べたら、私たちの日ごろの態度はなっていないわねと、何度も言った。全くその通りで、「教えに基づく生き方」とは、なにか特別のことをするより、ほんなんでもない毎日の生活から始まるのだと、まさ奥様の笑顔が浮かぶたびに思うのである。

まさ奥様お出直しの前に、私たち津軽《つがる》大教会の神殿落成奉告祭があった。初めは、まさ奥様の笑顔も拝せるものと楽しみにしていたが、それは無理ということになり、直前になって前真柱様も、はるえ奥様もお出《い》でいただけなくなり、結局は真柱様お一人のお入り込みとなった。それだけ、まさ奥様のご容体が厳しかったのであろう。

しかし真柱様は、ご自分の母上がそうであることを片鱗も見せず、遷座《せんざ》祭から奉告祭を勤められ、最終ぎりぎりの時刻まで、みなとお付き合いくださった。

翌日、大教会のご子息がお宅へ伺ったとき、前真柱様は一切の言い訳をなさらず、「このたびは行かれなくてすみませんでした」と、ていねいにあいさつされたと聞く。信仰の芯《しん》になる方々の厳しさと謙虚さを、あらためて垣間《かいま》見る思いがした。

まさ奥様も、お立場上、さまざまな人知れぬご苦労があったと拝察するが、それを支えてくださったのは教祖《おやさま》であり、前真柱様であり、ご家族であったことだろう。

まさ奥様は最期《さいご》、きっと例の笑顔で、「ありがとう」とおっしゃって、御親《みおや》の懐《ふところ》に抱かれたに違いない。私はそう信じている。

四季の装い

春から初夏にかけての早朝、一年で一番好きなひとときだ。木々の緑が朝日に反射してまぶしい。刻一刻と微妙に移ろいゆく光のシンフォニーに感嘆して、一服のお茶を頂く。贅沢《ぜいたく》な時間だ。「……神、空にしろしめす。すべて世は事も無し」。西洋の詩人が詠《うた》ったそんな言葉が口に出る。

教会に緑がほしいと、せっせと木を植えた。いわゆる銘木なるものは一本もない。全くの素人《しろうと》づくりで、庭師の手は入っていない。それでも日が経《た》てば、なんとなく庭らしくなる。

庭には四季それぞれの風情があるが、なかでも、五月には特別の思い入れがある。

父は五月五日の生まれである。かつては「子供の日」などという呼称はなかった。私が子どものころ、五月五日の端午《たんご》の節句に、父は自分の誕生日にあやかったわけでもあるまいが、大きな鯉《こい》のぼりを買ってきた。そのころ、町内で鯉のぼりを揚げる家など一軒もなかったので、ふだん「屋敷をはろうて田売りたまえ」と馬鹿にされていた私たち教会の子どもも、このときばかりは大いに優越感に浸《ひた》ったものである。いま思えば、お金もないのに無理したに違いないのだが、五月の風に吹かれて大空に舞う鯉のぼりに、子どもたちの将来への祈りを込めていたのだろう。

父は真っすぐ伸びゆく木とか、大きく枝を広げた大木が好きで、ひねこびた盆栽《ぼんさい》などには見向きもしなかった。もし教会に空《あ》き地があれば、たぶん、ハタ迷惑も構わず至るところに木を植えただろうが、いかんせん当時の教会は狭い借地で、木はおろか草花一本植える余裕がなかった。

教会には時々、土地の仲介者《ブローカー》がやって来た。幼稚園児の私にも分かったが、父は教会の移転場所を物色していたらしい。それも、場末でもいいから安くて、もう少し広い土地を、というのではない。街の一等地をねらっていた。そのうち戦争が始まり、話は立ち消えになったが、現在その場所は市役所になっている。たぶん、お金もないのに、という批判もあっただろう。しかし、「天下の天理教の将来を考えれば」という思いが、父にはあったに違いない。

一事が万事で、父には「将来性」というあだ名がついていたそうである。将来有望というより、いつも将来に視点を置いているという意味だったらしい。まだ二十代であった。人生の四季でいえば、まさに春。だから、夏や秋の年齢の人たちから見ると、理想論ばかり唱えて、先走り、地に足がつかない、という危惧《きぐ》があったのではないか。

＊

父は、三十四歳で出直した。終戦の年だった。私は父の倍以上を生かしていただいたことになる。しかし、教会のあり方とか、自分の生き方について、いまもなお父の眼《め》が光っているように思えてならない。父は喜んでくれているだろうか、と。

その私も五月生まれである。ただし生来の慌《あわ》て者で、予定より一カ月も早く生まれてきたそうである。「親譲りの無鉄砲で小供《こども》の時から損ばかりしている」とは夏目漱石《なつめそうせき》の『坊《ぼ》っちゃん』のセリフだが、慌て者の私は、ドジばかり踏んでいる。そこが几帳面《きちょうめん》な父と違うところである。

子どものころから弁当、宿題を忘れるのは常のこと。長じても航空券を持たずに空港へ走ったり、歩いて買い物に出かけたものの、帰りには他人の自転車に平気で乗ってきたり。だから、いまでも家を出るときは、小学生よろしく「忘れ物は？」と念を押される。加えて、最近はパソコンのキーの打ち損じや計算間違い、単純ミスが多くなった。人の名前など、喉《のど》まで出かかって思い出せない。

作家の藤本義一《ふじもとぎいち》氏は、「おじいちゃんの賞味期限はいつ？」と孫に問われてドキッとしたという。

お道の先輩たちは「五十、六十はハナ垂《た》れ小僧」と言ってきた。いま私は、その年代を過ぎようとして、全くハナ垂れ小僧だと思う。これからが楽しみである。年を取れば体力や記憶力は若い人に敵《かな》うまいが、美醜《びしゅう》の感覚や喜怒哀楽の感情は退化しないといわれる。だんだん人間の奥深さに興味が湧《わ》いてきて、その意味でも長生きしたいと思う。

草木に四季の装いがあるように、人にも四季がある。〝人生の秋〟は、どれだけ能率を上げるかではなく、いかに深く味わうかが大事であろう。教祖《おやさま》のように「七十過ぎてから立って踊るように成りました」という心境でありたい。それが、ほんとうの〝実りの秋〟ではないか。内面が伴わぬ単なる若づくりは、醜悪《しゅうあく》なだけだ。

しかし、わが家の奥サマは、たぶん、こう言うに違いない。

「心の装いも大事だけれども、身の装いにも少しは気を配ってちょうだい。年取っての無精ヒゲや、鼻毛を抜いている姿など、女性に一番嫌われるのよ」

庭の木を眺《なが》めながら、そんなことを考えていると、幼い孫が背後にやって来て、肩を叩《たた》いてくれた。「ああ、気持ちがいい」と言ったら、私の頭をサッと撫《な》でて逃げていった。

この子、家内に言ったそうである。「ボクは会長さんにならない」と。

「だって、会長さんになれば、髪がなくなるもん」

奥会津・魚沼の旅

いつかは走ってみたいと思っていた。福島県は会津若松《あいづわかまつ》から新潟県の小出《こいで》に至る国道252号。雪深い山の中とて、県境のあたりは半年間閉鎖される。並行するJR只見《ただみ》線は、直通列車が一日三本より走っていない。

その奥会津を訪れる機会が、とうとうやって来た。講演というより、一般の民家を借りて近所の人に話を聞いてもらうのである。車は只見川に沿って山へ入る。渓谷《けいこく》は深く、川はゆったりと流れていた。紅葉はさぞ見事だろう。だが、冬の生活はどんなだろうか。

そんなことを考えながら、たどり着いたK氏のお宅は、いかにも旧家を思わせる落ち着きがあった。風格ある先代の写真が飾られていたが、この方、村民のために国有林の払い下げに尽力し、大いに感謝されたという。

「でも、いまは山林は収入にならず、ただ税金を取られるだけです」と奥さん。ともあれ、人々は親切だった。会場になった家のおばさんは、「お昼食べて行け」と、みんなに声をかけていた。〝山のアスパラ〟という山菜が絶品だった。

九十歳になるというおじいさんも来た。「昔と一番変わったことは何ですか？」と尋ねると、しばらく考えてから「食い物だな」と答えた。

「昔は何にもなかった。食える物は何でも食った」

八十九歳のじいさんが、おずおずと手をあげた。三年前に奥さんに先立たれたという。とっても仲のいいご夫婦だったと、周りのお年寄りたちが説明してくれた。

「ほかの人の邪魔《じゃま》になるから、ゲートボールもやめた。家族はよくしてくれるし、身体《からだ》も達者だが、わしのような者は何をしたらいいのかね」

うかつなことは言えなかった。この人と同じ問いを持つ人は、たくさんいるだろう。

ふと、頭をよぎるものがあった。語り部《べ》になってもらえないだろうか。大正・昭和・平成と、一世紀近い激動の時代を生き抜いてきて、人それぞれ、かけがえのない人生の軌跡がある。断片の集成でいいから、こうした人たちの昔の生活やら思い出やらを誰《だれ》か聞き書きしてくれる人がいれば……。こうした手伝いは大事なひのきしんである。

さて、幸運が重なって、その数日後、今度は新潟県の側から、この国道へ入る機会を得た。いまはコシヒカリで名高い魚沼《うおぬま》地方だが、守門《すもん》村の資料館で雪深い里の生活用具の数々を拝見し、私も北国の育ちだから、暮らしの厳しさは想像できた。

隣の入広瀬《いりひろせ》村で老人ホームを訪ねた。そこの広報紙には、毎号新しい入居者の来歴が紹介されている。私は全員のそれを読んだ。娘ざかりに遠く家を離れ、紡績工場で働いて親元を助けてきた人たちが少なくなかった。

広報紙には、職場体験に来た中学生の作文もあった。その中に記された、ある職員の言葉。

「死期が近づくにつれ、それまでその人ができていたことが、一つ一つできなくなっていく。それを見ているのが一番つらい」


いま、日本は不景気だというが、この夏、海外旅行に出る人は三百数十万人。戦後の窮乏《きゅうぼう》の中から今日の繁栄のもとを築いてきたのは、このお年寄りたちだ。間もなく終戦記念日。ぜひ語り継ぎたい。私たちの祖父母の、貧しいながらも、ひたむきに生きてきたその姿を。

＊

右の小文を書いたのは、四年前である。そして昨年の新潟県中越《ちゅうえつ》大震災。真っ先に目に浮かんだのは、魚沼地方で出会ったたくさんの人たちだった。なんとか無事でいてほしい。ほんとうに祈る気持ちであった。

しかし、以前テレビで見たのだが、コシヒカリが魚沼の名産になるまでの苦闘。腰までぬかるむ泥田に客土《きゃくど》し、幾度も試行錯誤を重ねて、今日の基礎を築き上げたこの地の人々のバイタリティーを思い、きっとまた力強く立ち上がるだろうという信頼感にも似た気持ちもあった。

四年前のあの短い旅で、川口町《かわぐちまち》にも泊めてもらった。なかなか良い宿だったが、そのあたりが震源地だと聞いて驚いた。お邪魔したあの町の教会の前会長さん、ご無事かなと心配した。ところが『天理時報』を見て驚いた。その教会が災害救援ひのきしん隊の前線基地になり、しかも教会の倒壊した柱や梁《はり》を薪《まき》にして近隣に配ったという。さすがと、頭が下がった。

ついでに、この町のある少女の言葉。人づてに聞いたのだが、名言だと思うので記しておく。テレビ取材で感想を問われて、

「水がこんなにおいしいものだと、初めて分かりました」

「毎日、何ごともない一日というのが、どんなにありがたいことか」

「たくさんの人が助け合って、人間って素晴らしいなあ」。

※小出町、守門村、入広瀬村は、平成16年11月、合併により魚沼市となった。

もう一人の自分

ひときれの肉を嚙《か》んだ途端、ガリッときて、口の中が何がなんだか分からなくなった。そっと洗面所へ急ぎ、鏡を見る。入れ歯が壊れていた。前歯が五本も抜けて、まるで亡者《もうじゃ》だ。

さあ困った。明日《あす》、中国へ行くのである。仕事を共にしてきた仲間、夫婦八組。生涯に二度はあるまいという記念旅行である。絶対にキャンセルはできない。

自分の姿は見えないから、食事のとき気をつければいいのだが、同行の皆さんは、般若《はんにゃ》が泣きベソをかいたような歯のない私と数日間付き合うことになる。

「……というわけで、今回はダンマリ旅行です」

翌朝、そう宣言したが、みんなゲラゲラ笑って気にも留めない。

初めて訪れる北京《ペキン》で世界の近代史に思いを馳《は》せ、西安《せいあん》では、昔の長安《ちょうあん》の都に遣唐使たちの面影をしのび、それにしても、もっと歴史の勉強をしておけばよかったと後悔したり、興味は尽きなかった。

ただ一つ、閉口したことがある。筆や財布など、物売りのおばさんの商売熱心なこと。「千円《シェンエン》、千円《シェンエン》」と、どこまでも付いてくる。しかも、なぜか一行のうち私だけが狙《ねら》われるのである。どこでもそうだった。お腹《なか》が出っ張って、金がありそうに見えたからではあるまい。気の弱そうな、どこか人の好《よ》さそうな私の本性を瞬時にして見抜いたのだ。さすが物売りのプロだと唸《うな》った。

夏目漱石《なつめそうせき》の小説『三四郎』に、旅の行きがかり、列車で隣り合わせた女性と一夜、布団を共にすることになり、翌朝「あなたは、余《よ》っ程《ぽど》度胸のない方ですね」と言われ、「親でもああ旨《うま》く言い中《あ》てるものではない」と妙に感心するくだりがあるが、私はそれを思い出して、ひとり可笑《おか》しかった。

さて旅の終わり、上海《シャンハイ》の立派な中華料理店に案内された。なんでもクリントン前アメリカ大統領も来たことがあるという。歯のないのも忘れて食べていたら、背後からハッピー・バースデーの歌が聞こえる。うっかりしていたが、その日は私の誕生日だった。

皆さんに祝っていただき、贈られたプレゼントが、なんだかズシリと重い。開けてみると、木彫りの布袋《ほてい》様だった。つるつるに頭が光って、お腹が出っ張って、おまけに歯がない。「わあ、そっくりだ」。一同、大爆笑。

ホテルへ帰って、家内が言った。

「頭がつるつるで歯がなくて、お腹が出っ張っていても、布袋様はみんなに愛されるのね」

「うん、福相で、この笑顔がいい。よほど徳を積んだ顔だね」

「そこが誰《だれ》かと違うところかな。あなた今晩だって、あの楽しい席で、時々しかめっ面をしていたわよ」

実は、歯がないから唇《くちびる》を強く噛んでしまって、痛かっただけなのに。

＊

さて、この中国の旅から帰ってきた直後、大変な事件が発生した。大阪のある小学校へ暴漢が侵入し、八人が殺され、十五人が負傷したのである。

この凶悪な犯人は、いったいどんな男なのか。彼の三人目の妻の弁護士が語ったところによると、

「すべてが自分中心で、身勝手。気に入らないことは他人による挑発・策略と考え、自分は常に被害者だった」（朝日新聞）。

この男のドス黒い心の奥底は想像すらできないが、ちなみにこの言葉を、ごくふつうの人の心のレベルに置き換えてみると、こうならないか。

①自分中心で、身勝手。（相手の身になって考えない）
②都合の悪いことは、すべて他人のせいにする。（自分の姿が見えない）
③したがって反省をしない。（諫《いさ》めた人を逆恨《さかうら》み。いいわけ、自己正当化）
④だから決して人に頭を下げない。（お詫《わ》びやお礼が言えない。虚勢を張る）
⑤むしろ被害者意識。（自分はこんなに苦労しているのに……）

そう考えると、この種の人間はどこにでもいる。いや、私の中にもいる。弱い人間ほど、その傾向があるだろう。それは一種の自己防衛的本能かもしれない。だが大抵は、もう一人の自分がいて、それを戒《いまし》めてくれるはずだ。

古代ギリシャの哲学者ソクラテスは「汝《なんじ》自身を知れ」と言った。それが難しい。自分のことは自分が一番知っていると思いやすい。

だが、今回の中国旅行で、私はしみじみ思ったのである。入れ歯が壊れた般若の形相《ぎょうそう》から始まって、私の本性を見抜いた物売りのおばさんたち、そして木彫りの布袋様。自分が思っている自分と、他人が見る自分とでは、こうも違うものかと。ソクラテスの言う自分自身を知ることが難しいなら、せめて周りは鏡だと思ったほうがいい。

そうすれば、〝もう一人の自分〟が、事あるごとに戒めてくれるだろう。ただし、このもう一人の自分は、こちらの心が濁《にご》れば、すぐ姿を消してしまう。心を澄ますには徳積みが第一と、これは教祖《おやさま》から教えていただいたことだが。

こわ〜い話

「おまえさん、教会長になって何年になるかね」

親しい先輩にそう言われて、汗が吹き出た。私はおつとめのとき、太鼓を打ち間違えたのである。

このところ拍子木を持つことが多く、太鼓からは遠ざかっていた。念のため事前におさらいをしたのだが、実は最初から思い違いをしていた個所があって、間違いとは気がつかなかった。終わってから妻に指摘された。

先輩は言葉を続けた。

「人間、誰《だれ》しも間違いはある。怖いのは、それに気がつかないことだ。今日《きょう》は君の奥さんが指摘してくれたからいいようなものの、教会長もだんだん古株になると、何ごとにつけ、周りは注意してくれなくなる。お互い、よほど心しないとね」

「そうですね。自分では正しいつもりの間違いがいかに多いか。なかなか自分の姿は見えません」

「教祖《おやさま》は『世界は鏡』とおっしゃった。しかし、周囲に照らして自分を省みる人は少ない」

「とくに、人から『先生』と呼ばれる種族があやしいですね。たとえば政治家とか」

「天理教の先生だって、他人事《ひとごと》でないよ……。まあ、それにしても政治家の世界は嫌《いや》になるね。みんな相手の悪口ばかりだ。その点、六万年ぶりの火星大接近などという話題はいいねえ。気宇壮大《きうそうだい》、心が洗われる気分になるよ」

「宇宙といえば、スペースシャトル・コロンビアが事故を起こして、七人の宇宙飛行士が亡くなりましたね」

「うん。そんなこと、あったね」

「新聞で、その事故調査委員会の最終報告を読んだのですが、物理的原因とともに、組織上の原因の重要さを指摘しています」

「どんなこと？」

「第一に焦り。日程に追われて安全管理の声が無視された、とあります。第二は慢心。自信過剰、思い上がり。第三は、自由にものが言えない階級制。意思の疎通が妨《さまた》げられている、と」

「うーん。どこにでも通じる話だね。怖い」

「事故調査委員会は、リスクの大きい仕事をする組織は、失敗に対して健全な恐怖心を持つ必要がある、と結んでいます」

「科学技術の粋《すい》を集めたような世界でも、関《かか》わるのは人間だから、やはり人間くさい話になるね。宇宙は十五夜の月のように地上から眺《なが》めていればいいのかな？」

「しかし、ターレスの例もありますよ。古代ギリシャの哲学者ターレスが、歩きながら星を観察するのに熱中して、道端のドブに落ちた。見ていた小さな娘さんが笑って言ったそうです。『ターレスさん、あなたは遠い宇宙のことは何でも知っているのに、すぐ足もとのドブに気がつかないのですね』と」

「ハハハ、それも怖い」

＊

さて、右の小文を書いてから二年後の平成十七（二〇〇五）年四月二十五日、JR西日本福知山《ふくちやま》線で電車が脱線転覆、死者百七人、負傷者約五百五十人という大惨事《さんじ》となった。

事故の原因や背景にある問題を探る中で、「高速化、過密ダイヤ、収益重視の波に押され、交通機関の信頼が失われている」と新聞は報じた。しかも社内の人間関係を見るに、スペースシャトル・コロンビアの事故調査委員会が指摘した組織上の原因が、ほとんどそのまま当てはまるのである。最近、頻繁《ひんぱん》に起こる旅客機のトラブルも、鉄道の場合と同根であるとマスコミは報じている。

いつも飛行機や鉄道のお世話になっている私には、他人事でない。

考えてみるまでもなく、脱線転覆したその電車は、二十三歳の運転士たった一人に、数百人の命運が預けられていたのである。そして、同じくそのような列車が、日本国中、毎日何万本と走っているのである。

以前はたしか二人乗務だった。それが一人になった。その分、先端技術がカバーすると言うのだろうが、運転するのは人間である。秒刻みの過密運転に人間の生理が果たして対応できるのか。人間のための文明であるはずが、技術が進み精密化されるにしたがって、だんだん人間から遠ざかっていくその矛盾。

フランスの思想家パスカルは、「人間は考える葦《あし》」だと言った。

多くの人は、「人間は自然の脅威の前にはひとたまりもないが、考える力がある」と受け取った。

それに対して評論家の小林秀雄《こばやしひでお》は、「人間はあたかも脆弱《ぜいじゃく》な葦が考えるように考えねばならぬ」と解した。

天理教の教祖は、慎《つつし》みこそ大事、とおっしゃった。

マヌケな泥棒

北海道の広尾町《ひろお》で、三人の幼い子たちが殺傷されるという事件が起きた。犯人は、泥棒に入ったものの、その子たちに顔を見られたから殺したという。わが家の幼い孫たちを思うと、なんとも言葉を失う惨事《さんじ》であった。

私どもの教会は、小学校に近い住宅街にある。閑静《かんせい》な良い環境だと思っていたが、某夜、泥棒に入られたのである。私ども夫婦は留守だったが、若い人たちが吹奏楽を練習していたし、茶の間でも、まだみんな起きていた。ちょっとの隙《すき》だった。調べに来た刑事さんは、

「最近、このへんも物騒になりましてね。いくら教会でも、戸締まりはきちん

としてください」

と、訓辞を垂《た》れて帰っていった。

教祖《おやさま》は「ほしい人にもろてもろたら、もっと結構やないか」（『稿本天理教教祖伝逸話篇』三九「もっと結構」）とおっしゃったが、そこまで達観はできないにしても、これはなにかの身代わりかな、いや、結局は徳の切れた姿かなと、さまざまに思案を巡らした。

が、ある教会報を拝見して、なるほどと教えられたのだった。

その教会の神殿ふしんのとき。支払いに窮《きゅう》した会長さんは、眠れぬ夜が続いていた。寝返りばかり打つ中に、ハタと気がついたことがあった。

「教祖はよろづたすけと言われた。人間だけのたすけではない。教会に入ってくるすべてをたすけることなのだ。賽銭《さいせん》箱を見よ、しわくちゃの紙幣がある。これだ！」

その日から早速、一枚ずつていねいにお札《さつ》にアイロンをかけ始めた。すると不思議にも、予期せぬお与えが次々とあって、ふしんは無事完成したという。

私自身、無駄《むだ》遣いや浪費は厳しく戒《いまし》めてきたつもりだったが、教会に入ってくるものすべて、人も物も大事に生かしてきたか。心を粗末にしていなかったか……。

と、さんげがついたはずが、数日してまたやられたのである。

すっかりしょげて、思案に暮れていたら、家内がクスクス笑って新聞を差し出した。

京都で、無人の軽自動車から七百五十万円入りのバッグを盗んだ男が、その足でスナックでイッパイやって鞄《かばん》を置き忘れ、そこからアシがついて逮捕されたという。

「マヌケな泥棒もいるものね」

「うん。マヌケと言えば、泥棒や詐欺《さぎ》師はみんなマヌケだよ。差し引き勘定は神様がしてくださることを知らない」

「それを言うなら、私たちもマヌケな被害者よ。二度も〝お知らせ〟を頂いたのに……」

「まあ、それにしても、人身の被害がなくて何よりだった。こんな田舎町でも物騒になったね。怪《あや》しい者が侵入したら、下手《へた》に抵抗しないで、すぐ一一〇番してくださいと刑事さんは言っていたが……」

「最近は何をされるか分からないものね」

相づちを打っていた家内が、急に言葉を止めて、私の顔をじっと見た。

「それとも刑事さん、よっぽどヨボヨボに見たのかな？　あなたを」

＊

家内の言葉にハッとした。

姿かたちのことではない。実際の年より老《ふ》けて見られるのはいつものことで、還暦を迎えた年にも「会長さん、いくつになりましたか？」と人に問われて、「ちょうどです」と答えたら、「七十ですか、お若いですね」。それと似た問答は度々ある。

問題は精神のことだ。こちらの心がくたびれて、ヨボヨボになっていなかったか。

消防署の人から聞いた話だが、火災を起こす家庭の六割は、家族の人間関係がギクシャクしているという。家の中が乱雑で、だらしない家庭には泥棒が入りやすいと、これは昔からいわれていることだ。精神のありようが、起きてくる事情に反映する。

「頑張れ、頑張れ」と、いつも尻を叩《たた》かれているのでは、人間くたびれてしまう。だから最近、「頑張らない」というのが一種の流行語になっているが、それは、いいかげんにする、適当にごまかしておく、ということではあるまい。きちんとする、ということは美徳ではある。しかし、家庭でも教会でも、あまりきちんとした環境の中では窮屈《きゅうくつ》で疲れてしまうだろう。その反動が怖い。

大切なのは、心に張りがあるか。日々勇んで、生き生きとしているか。心が弱ると、そこから病気をはじめ、さまざまな事情が入り込んでくる。そして、それは連鎖反応を起こす。

そんなとき、どうするのか。

マヌケな泥棒

私は身辺の整理から始めることにした。泥棒に入られてまず着手したのは、身の回りを片づける、仕事場を整理する。そして、三年がかりで教会の書類から物品に至るまで、たとえ私がいつ出直しても困らないように整備して、形も中身も、もうひとつ脱皮した教会づくりを目指そう……。

ところが、それが遅々として進まない。一つ片づければ三つくらい仕事が増える。この調子では百年かかるか。ああ、時間がほしい。

ご守護か、誤診か

「息子の嫁が明日《あす》、乳がんの手術を受けることになりました」

信者さんから突然の電話である。お嫁さんは四十代、下北《しもきた》半島の津軽《つがる》海峡に面した町に住んでいる。教会では早速、お願いづとめにかかった。

ところが翌日、切ってみると、がんがなかった。「九〇パーセント乳がんだと言われていたのに、親神様のご守護です」と、姑《しゅうとめ》さんは喜んだ。しかし、息子のほうは医師の誤診を疑っている。先日、息子さん夫婦と会い、「会長さんはどう思いますか?」と問われて、私はある信者さんのことを話した。

仮にTさんとしておこう。彼は愛知県瀬戸《せと》市の出稼ぎ先で、脳内出血で倒れた。年齢は六十を超えているし、お酒も好きだ。血管はボロボロかもしれない。時間の問題だという病院からの連絡に、私たちは半《なか》ば覚悟をして駆けつけた。ところが、Tさんは一カ月ほどで退院し、また働きに出た。

次は北海道の利尻《りしり》島で、洗面器に何杯もの原因不明の血を吐《は》いて意識不明に陥った。島の病院は、ここで死んでくれるなと、重体のTさんを稚内《わっかない》の病院へ転送した。医師たちも首を傾《かし》げたが、不死鳥のようによみがえり、仕事に復帰したのである。

三度目は地元の大学病院であった。やはり脳内出血。医師は手遅れだと言ったが、家族の懇願《こんがん》で手術の結果、後遺症も軽く退院した。

いまTさん、八十歳。今年の冬も豪雪と格闘している。

息子さん夫婦に言った。

「Tさんを診《み》た医者たちは、みな見立て違いをしたのでしょうか。もちろん誤診はあってはならないことですが、しかし、どんなベテランの医者が診たとしても、Tさんのようなことはあり得ると思うのです。また、いくら大丈夫と言われても死ぬ人がいる。生命の営みは人間の力を超えていますからね。それは親神様の働きです」

「医療不信ですか」

「とんでもない。教祖《おやさま》は、医者や薬の役割を『修理』や『肥《こえ》』だとおっしゃっています。もし医療不信だったら、天理教が『憩《いこい》の家』のような大病院をつくるはずがないでしょう」

「それにしても、誤った修理をされたのでは、たまりません」

「あなたの奥さんの場合、誤診だったかどうか、それは分からない。しかし、親神様は贈り物をしてくださったはずですよ」

「贈り物？　何ですか、それは」

「もし、がんだったとすれば……」

「わあっ、堪忍《かんにん》して」。隣で聞いていた奥さんは大声で叫び、耳をふさいだ。

「嫌《いや》だ、嫌だ。よしんば手術が成功しても、いつも再発の恐怖に怯《おび》えて……」

「がんだと言われて、お子さんたちはどうしました？」

「それはもう、私を気づかって、自分のことは自分でするようになりました」

「いやぁ、子どもだけではない。私も家内のありがたさが、しみじみ分かりました」とご主人。

「それは私だって……」

そう言いかけて、奥さんはハッとした表情になり、急にトーンを変えて夫に言った。

「忘れないでよ、いまの言葉」

＊

さて、この仲の良い夫婦と話していて、ふと『医学概論』の著者、澤瀉久敬《おもだかひさゆき》氏の言葉を思い出した。

「医療には人間に対する道徳的誠実さとともに、生命に対する宗教的敬虔《けいけん》さが望まれる。『診てあげよう』ではなく、『診させていただきます』という言葉はここから生まれる」

生命は人間が創《つく》ったものではない。神という言葉に抵抗を感じる人は、あえて使わなくてもいいが、人間の力を超えた大いなるものの働きによる生命の営み。医療者は、それに対するのであるから、謙虚でなければならない。

しかし、考えるまでもなく、医療者だけにとどまらず、それはすべての人に欠かせない大事な態度であろう。

いや、人間だけではない。動物も植物も、森羅万象《しんらばんしょう》すべて、大いなるものの働きによって生かされていると考えるとき、そこに本当の宗教的敬虔さが生まれる。

だから私は、環境問題でよく使われる「地球にやさしく」という言葉が嫌いである。「地球に感謝を」と言わねばなるまい。「このままでは地球環境が危ない。二酸化炭素を減らせ」と言うだけでは不十分である。生命への畏敬《いけい》と同じく、自然の営みへの謙虚さが大切なのだ。相次ぐ大災害は、そのことへの警告に思えてならない。

臓器移植を考える

昔から医者は、心臓停止、呼吸停止、瞳孔《どうこう》の散大を確かめて「ご臨終です」と言った。誰《だれ》もそれを疑わなかった。

ところが、人工呼吸器が出てきてから事態が変わった。それさえ付けておけば心臓は動き、血液は循環し、細胞も生きている。だが、心臓は動いていても脳の働きがすべて停止しているなら、それは死だ。早いうちに鮮度のいい臓器を取り出して別の患者に移植すれば、人間一人救える。そう考えて、臓器移植が始まった。

日本でも早く、という声に、「死の判定をどの段階で下すのか」「何をもって脳死とするのか」「脳死は人の死か」などと、厳しい批判が相次いだ。そこで政府は、脳死臨調をつくって有識者に審議を委《ゆだ》ねた。結果は「脳の機能死を人の死と認める。提供者の意思さえ確かめれば、臓器移植は許される」ということになり、法律化された。

宗教界の反応もさまざまである。新聞によれば、カトリックは「大切なのは魂であって、身体《からだ》は死んでしまえばただの物質。臓器移植は隣人愛」という考えのようだ。仏教では「わが身を捨て、残された臓器を人のために与えるのは菩薩《ぼさつ》の行い」と讃《たた》える意見もあれば、「死者の臓器提供によってまで延命しようとする生への執着を悲しむべきである」という人たちもいて、各宗派の対応はさまざまである。

お道にも賛否両論ある。私はそれでいいと思っている。生命観の根幹にかかわる問題だけに、安直な結論を出すより、むしろ活発な論議を通して、親神様のご守護の世界をより深く受けとめたい。

私個人の意見としては、臓器移植に反対である。理由は、自然でないから。

技術は独り歩きして、いろいろなことを可能にするだろう。しかし臓器移植に限らず、とくに生殖医療などもそうだが、自然でないものは天理に反する。天の摂理にそぐわないものは、いつかきっと痛いしっぺ返しを食う、と私は考えている。

人間の身体は物質であるが、もちろん単なる物質ではない。身体の各部分が絶妙にたすけ合って一体をなす生命体である。自動車のような機械類は、部品を集めて組み立てるから部品交換がきく。しかし生物は、初めに一つの細胞があって、それが分裂して部分ができる。最初から統一体なのである。だから、体内に異物が入れば拒絶反応を起こす。部品交換は不自然である。

その身体をお借りしている人間は、魂や意識を持ち、何ものにも代え難《がた》い一つの人格である。そして人間は、悠久《ゆうきゅう》の太古より連綿と生命を受け継いで今日を生き、未来につなぐ歴史的存在である。そのうえで、家族、近隣、世界の中に生かされる社会的な存在でもある。だが、死ぬときはたった一人だ。

人間が親神様によって生かされているということは、以上のことを全部含めて、その釣り合いの中に生かされているということなのだ。移植推進者は「二つの死から一つの生を」と言うが、しかし人間について、たとえば二台の壊れた自動車の部品を集めて一台に再生するという、あたかも物を扱うような考え方でいいのだろうか。

こんなことを言うと、「いま人が死ぬか生きるかというとき、そんな理屈はどうでもいい」という声が聞こえてきそうだ。だが、人間のあくなき欲望は、天から許された徳分以上のものを求めたがっていないか。それを知の勝利と驕《おご》り、自らの立つ基盤を危《あや》うくしていないか。環境破壊がいい例である。

精神科医の小此木啓吾《おこのぎけいご》氏の言葉に耳を傾けたい。

「かっては、神の摂理として断念することのできた人間の有限性に直面して、素直にその限界に従い、耐え忍ぶことが難しくなっている……。昔はどの宗教も、この断念の術を心の中に準備することこそ、人生最大の大事と考えた。とところがいま、ひたすら断念を避けて、できるだけ自分の思いを満たすことを追求する。生と死を考える背景には、このような現代人の心のあり方がある」

（『ヒューマン・マインド』）

だからといって私は、輸血や献眼や骨髄《こつずい》移植まで否定しようとは思わない。しかし、他人の死を待ってまでの延命医療は、神の領域をおかすものだと考える。人命を救うという言葉は美しいが、いのちにも慎《つつし》みが必要なのだ。手段を選ばず延命を図るよりも、安らかな最期《さいご》を迎えることのほうが、もっと大事ではないか。

大阪・淀川《よどがわ》キリスト教病院で、どんな人が死を受容しやすいかを研究したそうである。その結果、若いときからの生き方が大きく影響することが分かった。たとえば「生かされている」という信仰、「死はすべての終わりではない」という死生観を持つ人々は、死を受け入れやすいという（柏木《かしわぎ》哲夫《てつお》著『生と死を支える』）。

良き死は良き生から、といわれるが、私たちは、教祖《おやさま》が教えてくださった「かしもの・かりもの」「出直し」などの教理を、もっともっと掘り下げて、広めていかねばと思う。

祈るほかなし

北上する台風の中を、遠路クルマでやって来た若い友がいて、「ご苦労さん」と、イッパイやっていたら、孫娘が突然、「大変、大変！　テレビ、テレビ！」と叫んで入ってきた。

天を突く超高層ビルに体当たりする旅客機、わき上がる黒煙、絶叫するアナウンス。

「なんだ、映画か？」

「映画じゃない、ほんとうだよ」

ナニ？　ということで、とてもお酒どころではない。ニューヨークの貿易センタービル。テロ。いったい、この現実をどう考えればいいのか。

しばらくして、若い友が言った。

「命を捨ててもというのだから、大した信念ですね」

「信念でなく、狂信だよ。いったい、どれだけの人を犠牲にしようというのだ」

「でも、迷わず一途《いちず》に、という純粋さに、若者はあこがれるかもしれません」

「それが怖い。迷わぬ人間は怖い。迷うということは、別の視点からも見るということだからね。教祖《おやさま》は、思案して心定めてついてこい、とおっしゃっているじゃないか」

「しかし、世界の陽気ぐらしを目指す道の者としては、無力感に襲われます」

「無力感というより、申し訳のなさ……。教祖は世界一れつをたすけ上げたいとおつとめを急き込《せ》まれたのに、私たちはどんな心で勤めているのか。現に、今日《きょう》の夕づとめのときも、台風で青森のリンゴが落ちないようにと、私にはそれが一番心にあった」

「こんな事態が起きて、いま何が大切だと思いますか？」

「最近、子どもの世界に、考えられないような事件が続発しているよね。少し調べてみたのだが、そのほとんどが不幸な生い立ちを背負っているんだよ。自分の人格を尊重されない人が、どうして他者を大事にできるだろうか」

「……」

「国家や民族になると、さまざまな要因がからむけれども、根は一緒じゃないかな。差別されたり、虐待《ぎゃくたい》されたり、なにかの手段に利用されるのではなく、あらゆる国家や民族が尊重され、共存できる世界をつくること、それが第一ではないだろうか」

「道は遠いですね」

「しかし、それよりほかに方法がありますか？　テロや独裁や扇動はもちろん否定されなければならないけれども、武力による報復だけでは、また新たな武力を呼ぶ。まさに、剣を持つ者は剣にて倒れるだよ」

「話は分かるけれども、なにか理想論くさいですね」

「机上《きじょう》の空論と言いたいのだろう。教祖が明治十（一八七七）年、西南《せいなん》の役《えき》に際して、おつとめを急《せ》き込まれた。おつとめには実践が伴う。世界中が親神様のかけがえのない子どもであり、互いにたすけ合って共に生きることのできるよう、ただ『一れつきょうだい』と叫ぶだけではなしに、まず手の届くところから教えを実践していかなければ……」

「そうしたら、親神様が力を貸してくださると……」

「そう。それをしっかりと信じていきたいと思うよ。人間、ギリギリのところでは祈るしかない。祈りを伴った実践しかない」

テレビは盛んに現地からの中継を続けていた。おふでさきのお歌が浮かんだ。

このさきハせかいぢううハ一れつに
よろづたがいにたすけするなら　（一二号　93）
月日にもその心をばうけとりて
どんなたすけもするとをもゑよ　（一二号　94）

＊

さて、この大惨事から二年後、私はひょんなことからニューヨークのその場所を訪ねる機会を与えられたのである。

現場は厳重に囲われて、覗《のぞ》き見さえもできなかったが、その囲いに向かって祈りを捧《ささ》げる人々が少なくなかった。赤く目を腫《は》らした女性もいた。近くの教会には生々しいパネルが展示され、礼拝場で長い時間ひざまずく人の姿もあった。キリスト教信仰が、いまも根強く生きていることに感銘を受け、祈りの持つ意味について考えさせられた。

もし、これが日本だったら、観光地になっていないだろうか。ニューヨークでも多少は見られたが、出店ができて写真が売られ、好奇の見物客が群《むら》がるかもしれない。もちろん広島や長崎でも祈りの姿はあるが、しかし、一般に私たち日本人は、わが身のことは必死に神仏に願うが、他者のためにどれだけ祈りの時を持っているだろうか。

お道の私たちにしても、朝夕のおつとめに五分間も頭を垂《た》れていれば、長いという人がいる。祈るべきものを見失っているからである。

「いま、何をすべきか」も大切だが、「いましていることを、より真剣につとめる」ことのほうがもっと大事だと、テロの現場でそんなことを考えていた。

リーチング・ホーム

車は八幡浜《やわたはま》の街から山を上った。ここ四国の西の端、佐田岬《さだみさき》半島。愛媛県から九州・大分方面へ手を差し伸べるように細長く突き出たこの半島は、その尾根を国道197号が走り、左右にゆったりと海を見はるかして爽快《そうかい》である。眼下の入江には、肩を寄せ合うように人家が密集し、なにか生きることの愛《いと》おしさのようなものが伝わってきて、こちらの心をやさしくしてくれた。

「いまでこそ、こんないい道路ができましたがね、以前はこの国道、海岸線を通っていて、それは大変でした。狭くて曲がりくねって、197号をもじって〝イクナ国道〟といわれたものです」

地元の人にそう言われて、遠来の旅人の見る目と、実際そこに住んでいる人たちの生活感情との違いを指摘されたような気がした。

突端の三崎《みさき》町の名は以前から知っていた。私どもの教会にいるおばあちゃんが、この町の出身なのである。こんな温暖の地から雪深い北国へ嫁いできて、生活に馴染《なじ》むまでには人知れぬ苦労があったろうなあと、いまは入院中のおばあちゃんをねぎらいたい気持ちになった。

「この海は、豊後《ぶんご》水道の荒波に洗われた天然ハマチの宝庫です。伊勢エビも獲《と》れるし、いいところですよ」

三崎町の港で、案内してくれた教会長の濱本《はまもと》さんが言った。

「まるで宝の半島ですね。ミカン畑も多いし……」

「ところがミカンは安くて、農家の人たちが気の毒です。若者はどんどん都会へ出てしまって、老人家庭が増える一方……」

「いずこも同じ労働力の減少ですね。しかし、いまは機械があるからまだいいとしても、昔、あの段々畑の石垣をよく築いたものですね」

「これまた大変でね。わたしら子どものころ、いつも親から言われたものです。山へ行くなら手ぶらで行くな、石の一つも持って行けと。そうして出来た石垣です」

話を聞いて、朝のニュースを思った。ついにアフガニスタンへの空爆が開始されたのだ。テレビに映る草木一本もない不毛の土地。そこさえ追われて、人々はどこへ行くのか。なにかと問題を抱えても、平和で、豊かな海に抱かれ、全山が緑のこの半島が、いかにも尊いものに思われた。

「かなしいですね」

濱本さんは、空爆のことをそう言った。

カナシイ。それは哀しいとも書き、哀《あわ》れとも読む。

世界中の人間は、我が身思案に頼つて、心の闇路《やみじ》にさまようている。……親神は、これをあわれに思召《おぼしめ》され、この度、教祖《おやさま》をやしろとして表に現れ……

（『天理教教典』第一章「おやさま」）

実は最近、方々に迷惑をかけて歩く男がいて、私は腹を立てていた。しかし濱本さんの「かなしい」という言葉は、善悪のモノサシだけでものを考えていた私を戒《いまし》めてくれたのである。

人間を創造された親神様は、テロも報復も含めて、そうした人間の愚《おろ》かさを哀れと思召されている。迷惑をかける男も哀れなら、腹を立てる私も哀れな存在である。

かといって、人間を罪人だとか業《ごう》の深い者だと否定的に観《み》るのではない。頑《がん》是《ぜ》ない子どもに対する親の哀しみ。むしろ愛《いと》おしさと言っていいかもしれない。親のその哀しみが分からなければ、親神様のお心は分からないだろう。

＊

さて、佐田岬半島の中央部・瀬戸《せと》町には、この町出身の河野兵市《こうのひょういち》の記念碑が建っていた。日本人として初めて単独で北極点に達した人である。痛ましくも、かの地で遭難《そうなん》して亡くなったが、記念碑には「Reaching Home」と刻まれていた。「生まれた故郷に再び還《かえ》る旅」という意味だという。

北極海の冷たい氷原に倒れた河野氏の魂は、瀬戸町のこの穏《おだ》やかな海に眠っているのであろうか。いまは病床にある教会のおばあちゃんもまた、故郷の三崎町のミカン山を夢見ているのであろうか。

高校を出たら、みな都会へ行ってしまうという佐田岬半島の若者たち、君たちはこの故郷をしっかり心に刻みつけておくがいい。ふるさとは、君たちを目に見えないかたちで支えてくれるだろう。ふるさとを喪失した人間は心が不安定になる。

そして、奈良県天理市には全人類共通のふるさとがある。親里ぢば。どこにでもある宗教上の聖地ではない。人間創造の元なる親がおわす、いわば人間の親元である。人々はそこで疲れを癒《い》やし、生きる力を頂く。

だから、おぢばへ帰るということは、単にそこへ身を運ぶだけでなく、親の心に還《かえ》ることでもあると、私は考えている。

※三崎町、瀬戸町は、平成17年４月、合併により伊方《いかた》町となった。

あすなろのうた

年の瀬の一夜、若い人たちとイッパイやった。ちょっとした勉強会があって、彼らは年末の忙しい中を北海道からわざわざやって来た。

その一人、ナオト君は、札幌《さっぽろ》から夜行列車で青函《せいかん》トンネルをくぐり早朝に弘《ひろ》前《さき》に着き、大教会の月次祭に参拝したあと、どこかへ姿を消した。暗くなってから帰ってきたので聞くと、雪の降る弘前の街を一軒一軒、戸別訪問していたのだという。

「いいですねえ、津軽《つがる》の人たちは。『天理教です』と言っても、むげに断わる人などいません」

しきりに感心している。寸暇《すんか》を惜しんで毎日の戸別訪問を自分に課している。と、そのとき電話が鳴った。

「天理時報の編集部です。月一回のエッセー、来年もまたお願いしたいのですが。それで、初回の原稿をなんとか今年中に……」

えっ、暮れの、この忙しい時期に、と思ったが、たったいま、若者たちに脱帽したばかり。ここで断ったらオジサンの沽券《こけん》にかかわる。

「……ということで、タイトルは何としよう」。席に戻ってみんなに言ったら、「『心ころころ』というのはどうですか？」と、タカユキ君。彼もまた、降っても照っても街頭布教を日課にしている。なにか見透《す》かされたような気分になった。

実は私も、幾度か毎日の戸別訪問を心に定めたことがある。しかし、彼らのように寸暇を惜しんで、ということはできなかった。われながら意志が弱いと思う。だから、誰《だれ》かの体験談を聞いて「偉いなあ」と敬服するとともに、「それに比べて自分は……」と、ついわが身を責めてしまう。

私はこんなに頑張った、というのは高慢くさい。かといって、私のような者は卑下《ひげ》するのでは勇めない。

「コロコロ変わるから心というのだ」と聞いたことがある。たとえば正月、一念発起《ねんほっき》して日記をつけ始めても、三日坊主で終わる人も少なくあるまい。日記といえば、作家の志賀直哉《しがなおや》は、古希《こき》を迎えた年の元日《いち》にこう記している。

自分は人並みに色々欠点のある人間だが、年と共に少しづゝでも自分を完成に近づけて行く。時々逆戻りもするが、又《また》少しづゝでも自分を進めて行く。一人だけのこれも立派な仕事である。

私も古希を迎える年になってみて、時々、志賀日記のこの個所を思い出す。彼は「少しづゝでも自分を完成に近づけて行く」と書いた。それは、どんなことだろう。志賀文学の神髄はうかがい知れぬとしても、私にとって自分を完成に近づけるとは何かと、自問してみる。

少し照れくさいが、白状すると、

「いつでも、天真爛漫《らんまん》に喜べる人間になりたい。そして、毎日の生活そのものが即ご恩報じであるような生き方を……」と念願している。

人格の陶冶《とうや》とか、立派な生き方をするとか、そんなことではない。いつ、いかなるときでも、嬉《うれ》しいな、楽しいなと、無心に遊ぶ幼子のように。できれば、人生そのものを「陽気遊び」ととらえることができるような――。

しかし、これが存外に難しい。自分の心の動きを見つめると、年々その逆の傾向にあるような気がする。「……ねばならぬ」「かくあるべし」という思いが強くて、素直に喜べない。それは一見、理想を追求する望ましい姿のように錯覚しがちだが、よく考えてみると、自分にとらわれているのである。

その意味で、志賀日記は興味深いことを教えてくれる。

毎年のように元日には「今年こそは腹を立てまい」と誓うが、その日のうちに癇癪《かんしゃく》を起こしたりする。あの大作家にしてこの矛盾、と言いたいが、それが人間だ。

日記も克明、几帳面《きちょうめん》につけているわけでもなく、何カ月も空白があったり、「忘れた」の一行で済ます日も少なくないが、だからといって自分の怠惰《たいだ》を責める気配など、志賀の日記からは感じられない。とらわれていないのである。

つまり彼は、癇癪は起こすとしても、自分を含めて人間というものに腹を立てたり失望したりはしない。たぶん、自由な精神の世界がそうさせるのだろう。

＊

さて、私の住む青森県は、日本三大美林といわれるヒバの産地である。別名「あすなろ」という。腐りにくく虫がつきにくく、細工もしやすい。建築材には最適だが、ヒノキには及ばないと人は言う。それでも「あすはヒノキになろう」という志《こころざし》から「あすなろ」の名がついたと聞く。

心ころころ、一歩前進、二歩後退の日もあろうが、それでも胸を張って、「あすなろのうた」を歌い続けたい。古希になっても、米寿になっても。

井筒正孝（いづつ・まさたか）
昭和10年（1935年）、青森県黒石《くろいし》市生まれ。33年、弘前《ひろさき》大学教育学部卒業、修養科修了。翌34年、教会従事の傍ら、弘前学院中・高校非常勤講師を務める（社会科担当、6年間）。43年、天理教青年会本部委員（1期3年）。「若い力を結集し、広く世界に働きかけよう」の合言葉のもと社会との接点を模索する中に、天理教災害救援ひのきしん隊、ひのきしんスクールの創設に関《かか》わる。51年、天理教黒石分教会長就任。同年、黒石市教育委員（3期12年）。61年、天理教集会員（5期15年）。平成16年（2004年）、天理教青森教区長。

あすなろのうた

立教168年（2005年）10月1日　初版第1刷発行

著　者　井《い》筒《づつ》正《まさ》孝《たか》

発行所　天理教道友社
〒632-8686　奈良県天理市三島町271
電話　0743（62）5388
振替　00900-7-10367

TENRIKYO DOYUSHA

印刷所　株式会社天理時報社
〒632-0083　奈良県天理市稲葉町80

ISBN 4-8073-0501-8
定価はカバーに表示